春风度

古马 著

CHUNFENG DU

山西出版传媒集团 北岳文艺出版社
·太原·

图书在版编目（CIP）数据

春风度 / 古马著. -- 太原：北岳文艺出版社，2025.1. -- ISBN 978-7-5378-6962-1

Ⅰ．I227

中国国家版本馆 CIP 数据核字第 20246WS343 号

春风度
CHUNFENG DU

古马 / 著

出品人 郭文礼	出版发行：山西出版传媒集团·北岳文艺出版社 地址：山西省太原市并州南路 57 号
选题策划 左树涛	邮编：030012 电话：0351-5628696（发行部） 0351-5628688（总编室） 传真：0351-5628680
责任编辑 左树涛	经销商：新华书店 印刷装订：山西人民印刷有限责任公司
书籍设计 张永文	开本：787mm×1092mm 1/32 字数：163 千字 印张：8.875
封面绘图 杨立强	版次：2025 年 1 月第 1 版 印次：2025 年 1 月山西第 1 次印刷
印装监制 郭 勇	书号：ISBN 978-7-5378-6962-1 定价：69.80 元

本书版权为本社独家所有，未经本社同意不得转载、摘编或复制

序 /

雪路高原的深情歌吟

草树

金秋十月，平湖的夜色中，灯火次第亮起。我把行李放在酒店，随工作人员去到湖边的一家咖啡馆。一个包厢里摆着一张长桌，稀稀坐着几个我不认识的人——但我知道他们要么是首届李叔同国际诗歌奖的获奖诗人，要么是与之相关的人。一个中年男子站起来，身材中等，结实敦厚，咖啡厅的射灯在他脸上照出光泽，颇有江南汉子的温润。他挪开凳子迎我，我也一眼认出他——古马，早知他的诗名，读过他的诗，也见过照片。我在他那里，大抵也一样。两只手没有交握的那一刹那，就颇有一见如故的感觉了。

古马是来自西北的诗人。几杯酒入豪肠，还不能真正引出雪路上的月光。要引出古马内心深处的西北汉子的豪气，听酒后一曲高歌远远不够，不深入他绵延的诗行，不能发觉他苍凉的嗓音夹带着的悲悯、深情和挚爱——对那片祁连山横断的土地，对那一群与牛羊、草原和大漠为伴的人们。

一个诗人在世俗社会或许会有多重社会身份,但是在诗歌面前,他的身份标识只有一个——诗人。古马显然是人诗合一的诗人,也许在与诗无关的场合会给你某种分裂感;在诗和诗人面前,他表现出的性情、气度和精神,完全符合古老的为人作诗法则:"修辞立其诚",他的言说、谈吐和想象,都是符合"思无邪"的应有之义,而不是官场上的恭维、迎合和计算。作为一个生于二十世纪六十年代、很早就执笔习诗的诗人,古马也许不像同时代的第三代诗人那样,有着强烈的先锋意识和姿态,相比当代先锋诗人推崇的凯鲁亚克、布考斯基、金斯堡、菲利普·拉金或罗伯特·勃莱,他可能更加心仪埃利蒂斯、塞菲里斯等超现实主义诗人,没有放弃现代诗的崇高美学维度,同时对中国古典诗歌传统,他也念念不忘,无论《诗经》《楚辞》,还是陶渊明、王维、李白、杜甫、李商隐等古典诗人,他的诗歌写作始终没有割断传统气脉,而是以独有的方式,实现了和传统的对话。一般而言,先锋文学运动是一场诗歌意识形态的革命,是一种诗歌意识形态反对另一种诗歌意识形态,当然它也和世界人文思潮的动向密不可分,当代先锋诗歌的写作和观念,显然和二十世纪初兴起的存在主义与二十世纪五十年代前后兴起的后现代主义人文思潮不无关联。古马偏居在甘肃,在互联网兴起之前,相对较少受到世界人文思潮的影响,更多扎根在悠远的传统里，以一种古典世界观打量着当下。当然从他的诗歌文本来看，他也同样深受西方诗歌的影响，他的诗歌的抒情性和诗歌意象的超现实，显示了古典和现代、东方和西方的诗学在他的创作中，已然形成一种独特的生命诗学和大地诗学。

也许我们可以从《磲曲》窥见古马作为一个诗人对生命的诞生内心出现的一种近乎宗教般的情感，尤其令人感叹的是他并没有彰显一种主体性的认知，而是隐身于语言舞台的背后，将语言的舞台十分真诚和信赖地交给了语言。语言本体的言说客观而冷静，但我们依然能够感觉一个诗人的在场：深情的目光和真诚的体察。"当婴儿的第一声啼哭／从风霜的产房隐约传来的时候／散布的羊牛停止吃草／一同回头，目送山峦上／一颗沉落的晓星"，这里面蕴含一种怎样的神圣和庄严？一个无名的新生命的诞生被诗人纳入广阔的语言视野，它不是来自一种普遍的公共美学经验，而是来自他身心深入的雪域高原。也许灰颈鹤还不足以彰显那种独特的地域色彩，但是酥油红糖、草野大泽和散布的牛羊，则带着边陲大地的鲜明气息，火狐和旱獭更是带来几丝神秘气息——无论它们来自古老的传说还是高原牧民的口口相传。古马的生命诗学不是浪漫主义的歌唱式的，也不是后现代主义的碎片化的，而是有一个纵深的视野——或者站在终极性视点，或者倚在某一个日常的门框，或者站在佛教文化的空无处，始终没有脱离个人、日常。比如《葡萄架下》,"葡萄的枝蔓爬向廊檐/遮暗了南窗/东窗之下/一只独立的公鸡/大红肉冠像雨中火焰/不远处是饮牲口的石槽/粗粝而稳重//有说话的声音从大门外面传来/我祖母、母亲和婶娘/从农田中收工回来了/她们似乎从来没有离开过这里",这种细节和场景,没有一个诗人的深情倾注,不会进入语言的舞台中心,不会进入诗学的追光之中。生命、生活和自然在这里水乳交融,根植于大地,生命和大地的联系被置入一种视域性存在的明晰之中。对于古马来说,古典世界观只是他看待当下的一个视点,他对现代性的处理不是单纯拘囿在否定或批判的层面,他在河西漠野那些耸立的铁塔和幽蓝晶莹的光伏板看到了那片大地蕴含的希望、生机,一种时代的最新自然。《河西雪野》呈现了这样美好的画面:

  一座即将安装完成的高压输电塔上
  有人在空中作业
  还有几个忙碌的身影,戴着棉帽
  在高高的塔下,从一辆停在附近的卡车上
  运送材料

  村庄如新雪覆盖的劈柴垛

实诚而轻盈
炊烟生动，散入旭日
距霍去病鞭指过的烽燧抱守的残梦
已相去遥远。群山逶迤
一支在雪中摸索的队伍
离开村庄，向着星星峡缓慢行进

流霜烁银
在输电塔排列向地平线的旷野
光伏发电板如无数甲胄之士组成对空方阵
硅晶的鳞甲收服噬噬的日光

一只喜鹊
从高速公路上方飞鸣而过
积雪和白杨的村庄，有她的表亲

　　霍去病和光伏发电板（学名光伏组件），炊烟和"烽燧抱守的残梦"，输电塔和甲胄之士，这种古今并置的背后是一种深邃的目光，是一种历史意识的在场。它意味着当下在历史的景深中会获得更为清晰丰满的形象，人和自然依旧有着亲昵和谐的关系。在古马笔下，除了这种轻盈、温情的日常之诗，也不乏远观古今、纵横大漠雪山的豪迈之诗。《嘉峪关下》的豪气，一点不输"青海长云暗雪山，孤城遥望玉门关。黄沙百战穿金甲，不破楼兰终不还"。

在古马的诗学谱系里，也许生命和大地是密不可分的，他没有为"反崇高，反传统"的先锋潮流所动，没有姿态性的写作，而是扎实地、真诚地沉浸于雪域草原的语言泥泞之中，也不忽略那来自玉门关的寒风的冷冽，相反他的作品时常表现出某种古典主义的风致，最好的情况是情景交融、天人合一，诚挚的抒情带着深远的古典况味。我这样说，不是说古马的诗学观念没有接受先锋文学潮流的洗礼，他的诗歌明显的对话性，他对抒情主体姿态自觉的约束和对舌头的管辖，不单是体现出语言的自律意识，也表明他的诗学观念有着从浪漫主义到后现代主义的流变之间的自我调校，最终表现为一种平等看待万物，与万物进行平等对话的世界观，而不是以我为主，将世界和万物对象化或者凌驾于世界和万物之上。早在十几年前的《扎尕那草图》，古马就显示出一种鲜明的风格：质朴而庄重，深情又清逸。以晾杆、雪线、鹰、藏族人、小猪、戒指和松树等意象——与其说是意象，不如说是词语，它们聚集语言之途的风景，是语言的发生而不是语言的历史秩序的重构，是来自于诗人熟稔的土地、习俗和日常生活的诗意的发生，有着辨识度十分突出的地域色彩，同时它并不标榜地方主义或者地域性，而是有一种远高于地方主义或地域性的世界诗歌的视野，"高高的晾杆上／晾着太阳的光线"，颇有浪漫主义的色彩；"那雪线／引来穿针／那云朵缝在藏袍的下摆"，既有语言学能指激发的想象，又有情感与视觉的感通；"死去很久的人／透过鹰的眼／俯瞰"，它比上帝之眼更加具体，更加富有存在主义的风味；"水磨转经的村庄"，"神以人为道路"，表现出传统宗教意识和存在主义哲学视点的水乳交融的契合。

  新月出峡谷

  鸽子的翅膀

  从你经历中浮现

  一个诗人没有对脚下的土地的深沉的爱，没有长期的深情注目和短暂停顿，不会有如此简洁又清新的语言形式出现。它表现出的新颖性和概括性，是沉淀的结果，也是对凝视的犒赏，诗的声音也正是这样才出现动人的停顿，生成了诗的节奏，凝结诗的时间。

  如果说古马的生命和大地诗学赋予了他的作品以厚重、丰盈，那么它们在与传统对话的维度上，更是独辟蹊径、匠心独运。百年新诗以反传统肇始，白话入诗，西学为用，新诗获得了语言的自由也失去了传统的滋养。很快，就有诗人站出来重申传统的价值，先是以卞之琳为代表，卓有建树，《距离的组织》和《断章》表现出对庄子的相对论和近代物理学拓展的视野的诗性响应，更表现出一种现代主义的整体性虚构成功实现观念的具象化。其次是柏桦、朱朱等诗人对古典的重构，这一类代表性作品有《水仙绘侣》《在清朝》和《清河县》。杨键一直是一个古典主义的倡导者，主张回到过去那个王道社会去，道法自然，天人合一，他因此也被诟病为一个文化保守主义者，但是他的作品显示出的现代性和批判意识，并不构成保守的依据。陈先发也一度被指认为是新古典主义诗人，从他的写作来看，他更多以传统世界观，尤其是佛教文化的视角去看世界，从而摆脱现代主义的"此和彼"的二元对立，表现出一种思辨性的学院风格。相比而言，古马是一个朴实的新古典主义诗人，一方面他看待世界的方式完全是东方式的，平等、客观、坦诚、直接；一方面他又在具体的情境和语言本体中展开与传统的对话，显得自然亲切，不疏不隔，过去和当下浑然一体，有着日常的扎实支撑。当我读到《暮雪》，不单是看到一种现代诗如何起兴，也同样在暮雪的场景中听到耳边响起白乐天"晚来天欲雪，能饮一杯无？"的声音，内心一下子有了响应。最主要的是"宜烫酒/宜整杯盘"这样的语式，立即会心于"今日小雪，宜……"

有一种格外的亲切，一首诗就此铺排开来，右军写《快雪时晴帖》，或者林教头在山神庙吃酒，或者潘金莲在阳谷县，或者妙玉在栊翠庵，由雪聚集为一种共时性的存在。它们是如此自然地发生在一个共同的语境里，仿佛所隔的不是时间而是空间，而由空间流变来生成诗的时间，对历时性的颠覆和空间美学的初绽，从根本上使散文化的分行具备了现代诗的特征。它还彰显了诗人平等看待事物的视野，不是依据类比法则去建立现代诗的节奏，而是以并置的方式，更符合福柯所谓平铺直叙的毗邻原则。所以我们可以说它是古典主义的，也可以说是后现代主义的。这首诗的结尾是一个诗意发生点的夯实或加固，邈远之思和近观之景相互生发：

伸着头
望向窗外
对面染白的屋顶上
不知何时飞落一只喜鹊
轻轻跳跃着

在大雪之暮晚染白的屋顶上，一只喜鹊跳跃，是怎样一种生机勃勃，是内心的声音，也是诗的声音停顿于此出现一个延宕，就像一曲交响乐突然出现休止，带来的延宕效应。

我们也可以拿苏轼评王维诗画的美学标准来衡量："诗中有画，画中有诗。"

古马与传统的对话是一种内心的响应，而不是什么"旧瓶装新酒"，或者古词古义的"搬运"，也不是什么观念的具象化，更不是什么文化身份的标榜，是自然而然的发生，是语言的灵魂的复活，是一种血脉不间断流淌的声音……古典的世界观内化为一个观照当下的视点。一个睹物观情的位置，与现代语言哲学刷新视野的作用一样，像来自不同方向的语言舞台上的追光。因而古马的诗展开与传统对话，不是观念的意象化，而是一种诗的格局的高远和视野的开阔，在语言风格上则表现出谦逊又自信、硬朗又轻逸的气质。

在当代诗的谱系中，新诗或者现代诗的转化有一个非常重要的风格特征，即是新诗的口语化。口语和叙事成为现代诗消解浪漫主义情绪泡沫的一个有效策略，占据了这个时代诗歌写作的主流。在这样的写作征候中，古马依然坚持对诗歌的音乐性的追求，就显得特别与众不同。新诗自从闻一多提出"三美"（音乐美、绘画美、建筑美）原则以来，为了"自由"，再没有几个人去语言形式上探寻了。新诗也有"自由诗"的称谓，形式的充分自由当然也带来了散文化的泛滥，以致新诗和散文一度纠缠不清，没有几个人能真正道明它们之间的分水岭。我记不起瓦雷里在什么地方说过，诗是舞蹈，散文是走路。题中应有之义大抵是诗离不开节奏,且有形象的造型,这和闻一多的"三美"原则在某种意义上是异曲同工的。闻一多所谓"音乐美、建筑美、绘画美",主要是对诗的外在形式的强调,比如诗的音步、诗的形式的整饬,"绘画美"是从诗的内在形式出发的。他在《死水》中有大量的写作实践,没有形成一种普遍的气候,大约最终是因为它不合新诗对"自由"的根本追求。

古马的诗的音乐性不拘泥诗的外在形式,一方面在语言的声音上屏息倾听,引来了韵脚和意外的语言形象;一方面吸取民间歌谣的营养,采用了一些复杳或同义反复的形式,加强了语调。比如《雁阵》:

> 清秋。河西走廊上空
> 向南迁徙的雁阵
> 变换着不乱的阵形
> 忽而降低忽而拔高
>
> 那碎银一般的雁叫声
> 揣进谁心里,谁都可以
> 逆风西行,遇店买酒

一碗浊酒

是胭脂泪

还是黑河水

秋风饮马

不见霍去病

黄芦白荻

休谈匈奴人

谁饮酒长歌

柔肠侠骨

谁愁心难托

指天数雁

　　诗的第一行、第二行、第五行形成了一个韵脚，但是它没有一韵到底，到诗的第二节，抒情的声音出现一个自由的变奏，这就显出新诗的自由，并不单纯受制于韵律，显得更加灵活自然。诗的最后两节"病"和"人"、"歌"和"托"的押韵，带有浓厚的古典主义韵味，西域边塞上的历史人文和当下雁阵芦荻，形成了一种共时混融，诗的音乐性的生成就强化了抒情的腔调，形成一种低沉而苍凉、高远又切近的况味。《村庄：黑力宁巴》以"黑力宁巴"和"当我和你相约"的一次复沓，引出了藏地民俗和人文的陌生之美，"绿松石""珊瑚珠串"的典雅明媚和"黎明的畜群""起伏的群山"的清新旷远，恰成自然人文的水乳交融；"积雪勾勒的山脊线"，"少女腰臀的曲线和水月观音净瓶里的水响"，则在动静之间生成静穆悠远、生动鲜活的边地之美，这当然是一个诗人长久注视那片土地摄取的大地的精华。荒原上牛头骨空洞的眼窝是一个多么独特的视点，在那里出现的自然景观和感官内心有着怎样的响应：

鹰正飞翔
水正流
潜伏地下的淫羊藿、虎耳草、锦鸡儿……大地
　　的酥油灯
就要点亮一个新春

这一类诗诉诸美，却没有浪漫主义的矫饰，而是从内心流淌而出，清新朴素、深沉醇厚，由于复沓手法的引入，仿佛藏地男女的对唱，且这种对唱或对话更像心灵独白，由于同义反复而浓郁了抒情氛围，强化诗的语调。语言形象显示的高度概括力和诗的声音的舒展辽阔，生成了一种独特的形

雪路高原的深情歌吟 | 013

式之美。

　　古马的诗歌成就是多方面的。他首先是一个不跟风、专注内心的抒情诗人。他的抒情从浪漫主义的高音降低了调性，其本质是一种姿态的降低，是从山顶上的眺望来到人群和大地的倾听，或者可以说，古马更多的是倾听他生于斯长于斯的西部大地。他的睹物观情的位置十分明确，我们完全能以那块荒原上的牛头骨定位，那当然是一个俯身大地，在牛头骨、雪线和天空之间去观看世界的姿态，这就彻底打破了现代主义背后蕴含的唯我主义姿态。其次我们也不难看出，古马在他的时间跨度长达三十年的作品中，始终试图和传统沟通。他的沟通方式不是来自认识论，而是从语言本体出发，从词语的声音拓开一条传统和当下的共时空间，延展出一条独特的语言路径。他对现代诗歌的音乐性的追求，在口语化写作占有一定地位的当下，显示了他的诗歌美学背后，蕴含着某种一直在坚守的文化信念。

　　雪路高原的深情歌吟，其声音带着孤寒，也有着令人战栗的力量。它拓展的境界正像天空中鹰在飞、大地上水在流，这比"云在青天水在瓶"有着更为动人的力量，肃穆而高远，清澈又苍凉。也许我们可以把古马的诗指认为一种新边塞诗，它的内核不限于一个诗人观看世界的方式的恰切，还在于它将深情转化为具有独特边塞风情的精湛技艺。作为一个同时代的诗人,我期待听到古马的更多这样的歌吟、这样的诗的声音!

是为序。

2024 年 5 月 2 日—6 月 10 日

贵州威宁

目录

第一辑 抱紧一枚松果
（1995—2004年）

003 焉支花
004 寄自丝绸之路某座古代驿站的八封私信
008 青海的草
009 光和影的剪辑：大地湾遗址
015 倒淌河小镇
016 把青海湖的祝福送给你
018 黄昏谣
020 抱紧一枚松果
021 西凉月光小曲
023 轻　歌

第二辑　玉门关小立
（2005—2010年）

027　告　别
028　荒唐的故事
030　玉门关小立
031　巴丹吉林：酒杯或银子的烛台
038　曲终人散
040　劈柴垛
042　寒禽戏
043　倾　诉
044　扎尕那草图
049　盐碱地
051　贺兰岩画

第三辑　大河源
（2011—2012年）

055　冬　旅
056　故宫鸦影
060　大河源（节选）

第四辑　敦煌幻境
（2013—2016 年）

075　江南小景
076　朔方的一个早晨
077　雁　滩
078　空谷之听
079　又过马牙雪山
080　雁　阵
082　反弹琵琶：敦煌幻境
086　蜘蛛人

第五辑　渡口
（2017—2019 年）

091　苦　音
093　转　场
095　天　坛
097　雨还在下
098　九　月
099　冬日清晨
100　杂木河

102 谣曲：蒙古马

103 渡　口

105 疏勒河

107 再访法雨寺

109 莲　房

110 河边：秋夜思

第六辑　凉州月
（2020—2021年）

115 在山道上

117 如　约

119 山　行

120 凉州月

121 三叶草

123 观察一只鹰隼

125 龙首山下

126 秋　来

128 凫　鸭

129 拼图游戏

130 冬月的一个周末

第七辑　河西雪野
（2022年）

135　河西雪野

137　草原，一个场景

139　为地丁花所作短歌

140　环州古城

142　华亭夏夜

144　嘉峪关下

146　过河西遥望雪山归作短歌

147　肃　南

149　挖土豆谣

151　红玛瑙之歌

152　二　胡

153　马头琴上的草原

154　大悲咒

155　忘　怀

156　到草原去

157　秋分谣：波斯菊

159　偶　忆

160　相似性

161　浩　歌

162　三年了

第八辑　戈壁晨思
（2023年）

165　葡萄架下

167　雪　霁

169　暮　雪

171　雨　水

173　宁昌河谷的谈话

176　酒　海

177　关山月下

179　戈壁晨思

181　花　海

182　大峪沟露营

184　石门云

186　雨中过崆峒山下孤村

188　绿洲曲

190　阿克塞的山头已降下飞雪

192　岩　羊

194　野牦牛

195　牧　户

198　瓜州谣

200　甘加秘境：白石崖

202　尕海边

204　铁尺梁

206　尕海颂

207　莲花山令

209　羚城有寄

210　阿木去乎

212　白鹭侧记

214　牧女像

216　界　限

218　迭　部

219　平安帖

221　舟　曲

222　甘谷草图

第九辑　清明短章
（2024年）

227　次　日

229　自画像

230　酸甜曲

231　村庄：黑力宁巴

233　碌　曲

234 大桥补记
235 雪　路
237 雪的反光
238 白鹭外传
239 清明短章
240 空　姐
242 飞行途中读博尔赫斯

附录：随笔与创作谈

245 诗中有人
253 生活永远大于想象

第一辑 抱紧一枚松果

（1995—2004年）

焉支花

根下单于睡觉
头上牛羊乱跑

焉支花
颜色在你手里
你举着一年一度的云

风儿吹
手儿摇

祁连山下的女子
脸似胭脂腰似草

1995 年 4 月 3 日

寄自丝绸之路某座古代驿站的八封私信

一

用一根鹰翎
给远方写信

草已枯,雪已尽
戴着鹰的王冠
春天骑马上路

而你,能够一眼认出
大路上的春天
是你小路上的爱人吗

二

扯开你丝绸的衬衫
曾为我包扎灵魂的伤口

驿站的小女儿
我裹着野花远行

我的身躯？你的身躯？
水和岩石，叫作火焰

三
叫声最亮的蟋蟀
秋天的玉
镶在我帽子上

四
蜂巢
这春天的鞍囊里
装着虎皮书、剑
以及一点点
贿赂死亡的甜食

策马仗剑
死亡啊，请让我从你眼皮下经过

我要完成他人的嘱托
把蚕痛的情书
送抵你下面一站

五

翻检旧信

寻找一个省略号

我是不开花的肉体

得到花的浇灌

六

月光

像一条禁律或是

一枝印度郁金香

躺在私人日记里

风,不许乱翻

七

太阳下的蚂蚁

是黑暗的碎屑

它们聚集着

仿佛有一双看不见的手

正在努力修复一封

被扯碎的家信

八
路上坑多,天上星多
鹰的灵魂夜晚飞翔
在寻找新的寓所,并且
通过风的手
把黑暗的花
安插进我疼痛的
骨头缝里

今夜啊,我是生和死的旅馆
像世界一样,辽阔无垠

1997 年 5 月 5 日

青海的草

二月啊，马蹄轻些再轻些
别让积雪下的白骨误作千里之外的捣衣声

和岩石蹲在一起
三月的风也学会沉默

而四月的马背上
一朵爱唱歌的云散开青草的发辫

青青的阳光漂洗着灵魂的旧衣裳
蝴蝶干净又新鲜

蝴蝶蝴蝶
青海柔嫩的草尖上晾着地狱、晒着天堂

1998 年 4 月 2 日

光和影的剪辑：大地湾遗址

一

嗨，目光忧郁的野兽
不要觊觎人类睡梦中的谷物

在黑夜的树枝上
一只鸱鸮
一个移动世界平衡的砝码
它无法移动守卫在梦的入口处的
那一堆熊熊大火

二

飞鸟的手
寒风的针尖上积攒着火

云彩斑斓能缝
兽皮美丽当衣

……哦，如此古老旷远的黄昏
假如

连思维也已丧失

还有落日如妻陪伴着我

三

一只盛满水的尖底陶瓶

一个承受着阳光击打的怀孕女人

幸福碎裂的陶片

使她蹲在地上也无法收拾自己

但是,那并不流失的水瞪大眼睛看着我

——水保持了陶瓶本来的形状

和一个婴儿的天真神态

四

那些不停呻唤着的蛐蛐

像是被时间之犁犁掉的先民的手指

把泥土一次次攥出血来

高粱红了

我的高粱在夜的火塘里红着的时候

眉毛挂霜的灵魂,请伸出无手之手

烤烤 1999 年秋天的火吧

五
耳朵随大雁高飞远走的大地湾
你的指甲缝里八千年以前的黍
听见我的嘴唇发出泥土对种子的请求了吗

六
结绳记事:石斧遇见青柴,闪电插入小路

让我用一场大雨
爱你浑身美丽的血珠
走在路上的花椒树
让我还用同样的一场大雨
描述你流动着青春色彩的曲线

七
大地湾
渭河的胳臂一弯
揽一对儿女入怀
——玉米长高了
日光变黑了

一只落寞的乌鸦
你有黑夜疼爱

但黑夜的爱太深
你飞回历史的路太漫长

落日是飞累的你吐出的一口鲜血
溅在今天的鞋上

八
大地湾之夜
长发披肩的幽灵
怀抱着自己的白骨往火里添柴

火苗静静注视
那亲近温暖的幽灵
如何阻止冰雪的膝盖融化
滴水

水啊水
青草喉咙里
快要喊出的花

九
大地湾的风
我身体里除了积雪

就是骨头

我的咔吧乱响的骨头
我的歪斜了但没有坍塌的茅草屋
大红的月亮是我外逃的心

虽然言辞犀利
大地湾的风
你却没有理由说服我不怀疑一切
我甚至已经构成了对自身的严重威胁

十

大地湾遗址。站在
能照出人影的七八千年前的水泥地面上
我恍惚觉得一个带着野猪獠牙项链的男子
从地下缓缓起身——回到我，又穿过我身体
向着发情的雄狮注视着泉水中茫然的脸
久久不肯离开的密林走去……

我想招他回来而未能如愿举起的手
几乎是被忘了的一把石斧
此刻
正砍伐着我担心的心

十一

星宿遍野的时代
正是展示个性的时代

我们卑微
我们诚惶诚恐退至大地湾的低洼处
倾听星宿们舌生莲花的神秘预言
或者是我们的灭顶之灾

——对一颗不能焚烧黑暗就自焚的星宿
我们束手无策
而对所有星宿的集体自杀
我们同样只能瞪大惊恐而绝望的眼睛
我们不会照顾死亡
却只关心我们卑微的生命如何能够延续

1999 年 9 月 7 日—15 日

倒淌河小镇

青稞换盐
银子换雪

走马换砖茶
刀子换手

血换亲
兄弟换命

石头换经
风换吼

鹰换马镫
身子换轻

大地返青
羊换的草呀

2000 年 8 月 5 日

把青海湖的祝福送给你

青海湖
一株摇曳的青稞
它蓝色麦穗的光芒
属于黑夜额前那颗歪斜的小星
属于有一颗绿松石的你

你呀
你是大自然的妹妹
怀抱着祝福的青稞
赤脚站在
岩石之上

多棱角的岩石
从四面八方
把魔鬼的诅咒粉碎成泡沫

青稞再一次摇曳
并非你开始扭动腰肢
但

你脚脖子上的五彩丝线
让和闪电
一起跳摇摆舞的小小青蛇
产生忌妒和交换的愿望

而你是大自然的妹妹
你只和清风交换血液
而我是把青海湖的祝福送给你的人
我和你怀抱里的青稞交换了姓氏

2001 年 5 月 8 日

黄昏谣

小布谷,小布谷
水银泻进了麦地

炊烟温暖
河水忧伤

和村庄隔河相望的坟墓
离过去很近离我不远

黄昏,黄昏是
被白天砍掉了旁枝的
白杨,头戴一颗明星
站在乡间的土路上

水银泻进了麦地
小布谷,小布谷
收起你的声音
请死去的人用磷点灯

让活着的

用血熬油

2002年6月23日

抱紧一枚松果

一只松鼠抱着自己的命
蹲坐在积雪的松枝上

耳朵比松针还尖
突然蹿向高枝
莫非听见了人语

惊魂未定
雪粉簌簌落下

眨动着黑眼睛
就像个奇迹
它依然怀抱一枚褐色果实

专心享受生命
如果不可避免
磕到了三两粒发霉的籽实
生活也将教会它"呸""呸""呸"

2003年2月6日

西凉月光小曲

月光如我
到你床沿

月光怀玉
碰见你手腕

月光拾起木梳
半截在你手里

另外半截
插在风前

一把锈蚀的刀
插在焉支以南

大雪铺路
向西有牛羊的尸骨

借光回家

取蜜取盐在你舌尖

2003 年 3 月 23 日

轻　歌

大雪啊
给我睡衣兜里
揣上一小块黑暗的红糖吧

万一有人
冒着风雪前来
白雪草根下
我不能什么也掏不出来

2004年8月15日

第二辑　玉门关小立

（2005—2010年）

告　别

翅膀告别手风琴
我告别歌声

雪把香留在你腰里
雨把衣裳贴紧你的皮肤
雨中石榴又红又亮
可惜，我的心早已不在往昔

我把天空的沉默
带进了眼睛

2005 年 2 月 13 日

荒唐的故事
——在海边

你凝视着我
如同俯身凝视一个婴儿
你花海螺的耳坠里摇晃着疼爱的月光

牙牙学语
我应该和晨光一道
学会叫你：母亲

可你何故从我身边退走
提起海浪的裙子
退至群星咸腥、珊瑚沉默的地方

你胸脯起伏，起伏着大海的蓝
在那里，没有母亲的乳汁
只有情人放荡的乳房

当我扛着独木舟走向大海的时候
一枚沉睡的水雷
——你的发髻让我着迷

让我成熟得像个浑身涂抹着棕榈油的男人
血管中回荡着不断爆炸的声浪

           2006 年 2 月 12 日

玉门关小立

冰草黄芦
大宛马和匈奴的黄骠马
都跑作了风中沙粒

仰天弯弓
哪儿还有一双掂量过
和田玉的粗糙大手
战栗星月

飞鸿压低翅膀
将口衔的芦管掷给我——
九万里风声倒无半点儿杀气
这个，你拿去玩吧

2006 年 3 月 26 日

巴丹吉林:酒杯或银子的烛台

> 一粒沙呻吟
> 十万粒围着诵经
> ——《敦煌幻境》

一　巴丹湖
水拍动天鹅的翅膀时
我像个翻过了黑夜的少年
被你用调皮的小镜子
晃着眼睛

来自孩提时的光芒
让我
有着怎样的涟漪
怎样的情不自禁的爱啊

天鹅
用蓝色的翅膀把我抬高到
你的位置

二　歌

我比沙子粗笨些

我比苏敏吉林海子里的鱼儿慢些

天空的蓝证明

我渴望着接近乌兰时

鸟翅倾斜

太阳的黄铜经轮咿呀旋转

咿呀——

白云进入海子

乌兰的歌

飘进大地的窗户

三　祝酒歌

羊的肩胛骨一样干净的草原

有一碗酒为朋友捧起

羊的肩胛骨一样大小的草原

有一条路通往阿拉善右旗

喝了这碗酒

好汉子

无论什么时候

请来草原做客

蒙古人的心
是大地上最后的房子
铺着星光的地毯

四　仪式：诺尔图·金色沙丘
落日
仿佛一滴老泪
渗进苍茫

蜥蜴引导
有条路
远离诺尔图

荒野里的沙丘
由坐而立的僧侣
他们齐声地念诵
转移这个世界
富余的金色

母亲手里
捏有一点
散碎的金子

可
那条路
不买梦

蜥蜴引导
那条路
寒星
也不照耀

五　诺尔图
酒碗中的冰糖
羊圈里的月亮

一条牧羊犬
头趴在两只前爪中间
把群星带进了睡眠

我
像个孤儿
绕过梦的海子
走向不可知的远方

那里或许有薰衣草
或许也没有
母亲的消息

六　歌
有一群骆驼的骨头埋在黄沙下面
就有一个牧人从早到晚走在天空

云一样孤单
云一样凉的头发
云一样要散开了的身子呀
六十六个海子泛起涟漪
六十六个海子里鱼儿静静
如鲠在喉

魂兮——归来
月亮
端着银子的烛台
一面照着，一面呼唤

七　副歌
狐狸的半个身子钻进一个瓜里的时候
獾猪在干什么呢

我在乌兰的毡房外面咳嗽了两声的时候
月亮打着手电
又跟我在沙窝子里瞎转什么呢

八　九棵树
阿拉善右旗名叫九棵树的地方
为什么只有八棵树

成吉思汗的苏鲁锭长枪
树在每个蒙古人心里

吹硬了蒙古人骨头的风知道
这个地方就叫九棵树

第九棵树下
有一匹看不见的战马前蹄刨地
然后，抖了抖鬃毛
扬起头来，怔忡地望着地平线尽头

它的眼神诉说着蒙古族男人的忧郁
它告诉你这个地方就叫九棵树
它望断的地方就叫九棵树

九　结语

来自没有空气的地方
蜥蜴那么敏捷,扬扬尾巴
仿佛举着亡母给我的书信

太阳的睫毛闪着火花
那蜥蜴
大沙漠里最小的越野吉普
突然蹿得无影无踪

我是它扬起的后尘
尘土回到尘土
我还是我母亲的儿子
我还在寂静的怀抱里

2006年9月16日—19日

曲终人散
——苏轼《水龙吟·次韵章质夫杨花词》

春色三分,二分尘土,一分流水。

——苏轼《水龙吟·次韵章质夫杨花词》

搂过的肩膀
有时是北极雪
有时是赤道阳光

雪和阳光
结合成初春的流水
流水弯曲
杨柳弯曲

在我心里
弯弯曲曲的美
化作泥泞
化作渐渐干硬的路面

萧瑟旅途
鸦影都不见

终于
我被冻出了热泪

搂搂寒风
寒风是唯一可靠的情人
寒风是我自己的肩膀

2007年10月1日—2日

劈柴垛

在若尔盖山地深处
随处可见的劈柴垛
敦厚、踏实、沉稳
它们是有记忆的
它们记着大红羽冠的野雉在林间啄食时
回眸对伙伴发出的深情呼唤
松针上的露珠
是蓝色宫殿的原形
溪流是所有树木美丽树纹的回声

它们记着山果自落
鹰抖落在岩石上的羽毛
与一个山民的老死有关

山洪夺取黑夜的隘口
紫电劈碎崖岸上一株巨树
山野的阵痛和躁动
却在它们身上无迹可求

时光漫长
那些不动声色的劈柴垛
深陷于静谧的记忆里——

它们对美是绝对虔诚的
它们的虔诚经过风雷斧钺的洗礼
最终，要受洗于乡间的烟火

2009年10月25日

寒禽戏

黎明,在黄河幽暗的水边
三五溯流一两击水或数不清的
一群毛色相同或相杂的水禽
似微火相呼,自由扩展着记忆的波纹

它们共同拥有北方的空虚辽阔
以及流水的静谧深远

泛泛到冰凌与青石低语之处寻找着小鱼小虾
而忘记了浸泡得绯红的脚蹼
它们侧目而思
也绝无可能顾及一个起早贪黑的赶路者
内心偶然的怜爱

它们拥有一两颗小星
即将沉落时颤抖的寒光和超越尘世的生活
而我除了无限惆怅
只拥有它们边缘的没有方向的风

2010年2月28日

倾 诉

当我盯着你娓娓倾诉时
你或许不知道有另外一个人
躲在你眼睛深处，躲在生活的别处
耐心倾听着我炽热的情感

我爱你，我把酒喝成了水
但那个人即使躲藏在乌有的城市
也知道有一团冷静的旧火保守在我内心

所以你听到的是诗的语言
化作她心痛的是
星辰在我怀抱里熄灭的过程中沉默地消耗
在这不可容纳的二者之间
我是一场地震造成的可怕裂缝

2010 年 3 月 7 日

扎尕那[①] 草图

一
高高的晾杆上要晾晒青稞
我们去种青稞吧
高高的晾杆上要晾晒青草
我们去割青草吧

打下的青稞除了今年够吃
还能酿几大桶酒就好了
晒干的青草除了应付冬天
还能解除牛羊的春乏就够了

高高的晾杆上
晾晒着太阳的光线

二
那雪线
引来穿针

[①] 扎尕那：藏语意为"石头匣子"，地处甘南藏族自治州迭部县境内。

那云朵缝在藏袍的下摆

那人呢
那一阵吹绿山坡的风
那风呢

那雪线附近啃食的白马
来吃掉我内心的夜草吧

三
鹰在天边逡巡
死去很久的人
透过鹰眼
俯瞰

水磨转经的村庄

弯腰挤奶的人
弯腰劈柴的人
弯腰打酥油的人
火的腰带
都是献给大地的哈达

四
神以人为道路

那深深切入藏族人五官的皱纹
就是神迹
就是霜

五
一头小猪走出村子
三头小猪嘴拱草地

黑黑的小猪
月亮的蕨麻果
埋在草根深处

就在深处
就在深处

小猪尾巴
已经变绿

六
黄金戒指镶嵌着红玛瑙

卓玛，快把它扔进水里
你要沉沦
就带着落日为我沉沦

新月出峡谷
鸽子的翅膀
从你经历中浮现

七
灌木丛中隐藏着三角形的昆虫
刺棵挂住的白云
一定是心上人的手绢

八
下雨吧
一夜的雨
天明停住

黑色的、湿漉漉的圆木上
长出小白菇
你挨着我，我挨着你
我们坐在一起
像空气一样新鲜

不说话

九
"死亡是无的神殿"[①]
记忆是爱的居所

松树
渗出透明的松香
是因为
你早已来到我记忆里

我纵容你
让你梦想着
我身体以外的世界

2010 年 5 月 16 日

---

① "死亡是无的神殿"，海德格尔语。

盐碱地

从玉门关运进来的和田玉要运往长安
骆驼刺和红柳尖啸
夜夜风声都似敌人袭扰的呐喊
这一层又一层的盐碱
一定是从埋在地下的汉朝士兵的骨头里渗出来的
是矛尖和箭镞上的白焰,是警醒的集体发烧时的谵语

两千多年过去了
老老少少一群从临夏回族自治州移民到
玉门市独山子乡的人
在这戈壁滩上盖起了房屋,种起了庄稼

"都是为子孙种呢,赔着钱种
种出的青苗大都让盐碱烧死了
没有个十年八年,地都种不熟"
眼睛宛如深井
一位东乡族老者指着茫茫盐碱,跟我们唠扯

是啊是啊

这一层一层翻上来的盐碱如同白内障的荫翳
埋在地下的士兵，要让他们熟悉并接受
这群能够拨云见日的父老乡亲、兄弟姊妹
甘心捧出骨子深处的麦香和永世修好的黄金契约
仍须假以时日

              2010年6月14日

贺兰岩画

五匹马
和一轮太阳
在一只手周围

人的手
何如太阳
从早到晚暖和

何如五匹马
去任何想去的地方
就快去了

比秋风硕大的石头
比太阳烫手的乳房
人的手
想一摸再摸的东西
多么稀少多么珍贵

2010 年 9 月 24 日

第三辑　大河源

（2011—2012年）

冬　旅
——写给延俐

年关近了
黄昏里次第亮起大红的灯笼

红光映雪，木栅低矮
炊烟熏醉山头的星星
醉了的，还有那明天将要合卺的新人
他们将要交换瓢中清水，庄重饮下
看见自己喜悦的泪花，出自对方眼中

大红灯笼的村庄，鸡叫前升起太阳的村庄
周围深山老林中
积雪压折松枝的声音一定令松鼠吃惊
人类的觊觎
一定令那沉睡千年的老参平添了几道皱纹

二十年前过此地
二十年后经此山
火车长长的嘶鸣提醒，那村庄并非我们的
村庄，那早已是山海关外白雪茫茫美梦一场

2011 年 10 月 6 日

故宫鸦影

一

鸦声粗哑
金殿琉璃瓦上
一块飞起又落下的阴影
落日的手印
摁在你心上

游人
地砖缝里的草芥
东张西望
心思遭乌鸦掏空
如地铁从前门风驰电掣驶过，只剩下
地下隧道倒抽一口凉气后的空虚与恓惶

殿前铜龟
尾巴很短
出宫的路依旧很漫长

二
落日
提着一只赏赐的烤鸭
像佝偻着腰的太监
出宫去了

乌鸦仍旧盘踞在
人的神经编织的巨大蛛网中
饕餮嘈杂的灯火

三
那些在宫中栖息的乌鸦
一把把旧锁

打开它们
打开一口深井里的妆奁盒
清点月光的珍珠

于是摸钥匙
从腰里、火里
从冰中、血中
头发花白了

花老瓦飘零·
醉梦中
他只摸到青松上的雪
砒霜的表妹

四
乌鸦藏在人心里
所以玉兔仍在月宫捣药

青铜光，珊瑚裂
乌鸦受惊，藏来藏去
以人盗汗为琼浆玉液

五
乌鸦是红色宫墙内
一架黑漆屏风

有人在后面
养花
养心
养指甲

海棠红的指甲

不知一座纪念碑的影子

像呼啸的火车

穿过夜半的中国

2011年10月30日

大河源(节选)

一

高高的木桶到溪流边取水
高高的木桶走向有黄铜祭器和砖茶酥油的牛毛帐篷

弯腰耸臀
披星驮水的女人
她们腰里的银配饰,叮当的声音
是云雀,自高天垂下飘拂的璎珞
是黎明,草尖与花朵上颤动的露水

群山苍莽
长路负霜

她们是岩石和鹰的母亲
她们是草和草根的妻子
她们是能生会养的情人
她们是生活忠实的姊妹

她们绞紧的发辫里

有闪电的情思、河水的涟漪
而那个肤色黝黑牙齿雪白的最小的姐妹
她额外的装饰
是一缕朝霞，绞在黑而细密的发辫里

二
玛曲的夏天
那一夜
雨水给草原增添了新鲜的氧气

河湾
一顶无灯的帐篷中
我无端想起一位情窦初开的女子
她用一个春天和一个夏天每天采撷草原上的花朵
那些采来晒干的花瓣，到深秋的时候
她装满一只洁白的大枕套
送给我在草原上教书的寂寞的朋友……
我那位朋友曾经喟叹，在他懵懂未醒时
那女子却已远走天涯，杳如黄鹤
　"唉，那时，我只当她是我民族师专毕业班的学生
要是枕着山坡一起看看白云，不说话也好啊……"

在玛曲

在那个雨水彻夜不停的夜晚
青草花朵醒着
白肩雕与悬崖醒着
马厩中,河曲马臀部的光亮
让蚊子热血沸腾,窃喜世无英雄

夜雨潇潇
河水流年
草根深处,糊涂的旱獭是我的伙伴

三

我记起高原上一个漆黑的夜晚
电闪阵阵
深不可测的裂缝,忽远忽近
天上地下

——在那光明的天堂地狱里焦急挣扎的角逐者
无暇想起要谁投递信件,填平他们的空虚
而我们会用笨拙的笔在羊皮纸上描画
我们珍爱的三叶草、耐烧的牛粪饼、简易的帐篷
我们愿意把无忧无虑的笑声寄给世界上所有的人

我们看惯了河流和草色的眼睛

比鱼类看得还远

我们用河流的智慧

放弃了一切富贵的梦想和热病缠身的苦恼

四

一枚骨针

三把石斧

记事的绳结

晾晒在史前河岸上的网罟

——都是人类的船桨上最早开花的星辰

在那些古老星辰的拱卫之中

一个红与黑的彩陶

冉冉升起

盛满了荡漾有声的月光

清水荡漾

山坡之上

清水荡漾

在两个人眼里

一颗心上

噢唷噢唷

红是你我

黑是篝火

柄得其斧

白鹳衔鱼

五

"风林关里水东流"

夜深虫静时

一尊菩萨

从悬崖峭壁的石窟中赤脚跑了出来

峡谷中喧哗的流水

那一刻突然停滞

月光的烟雾开始在水面聚集、上升

——一袭轻纱

升向露水的陡崖

菩萨黑黢黢的脚趾

如果有力量掀开静止的河水

河床上，必定有一个青瓷茶盏

冒出袅袅热气

鼻子塌了很久的菩萨
收回眺望的目光
忍不住打开合十的双手
向内窥视

那里面
有他从前的面容
还是有一只北魏时期的七星瓢虫
无人知道

无人知道
他什么时候又双手合十
悄然转身
返回了洞窟

乌鸦的惊叫中
那冉冉升起的
月光的轻纱
又
缓缓降落水面

河水

重新喧腾

曙色如血

六

……这时的黄河

以一棵树的形象出现在地平线上

在那棵虬枝盘曲

树冠荫蔽百里的树下

一个银甲弹弦的瞽者

膝生莓苔

他飒飒的弦上

有禹王劈山裂石的闪电

有远遁的巨鳌倒淌回肚子里的眼泪

……

那眼泪

只是巨鳌的苦雨

那闪电

——抖落螺蚌

——关照稼穑

却是上苍恩泽百姓的期盼

却是那棵大树上三千年一新的

青铜枝条

每一枝青铜指向的原野
呦呦鹿鸣
鹿鸣呦呦

至于那棵大树纵横万里的根嘛
你知道,它不在那银甲瞽者的手上
也不在那即兴发挥的弦上
而是通过一代又一代人的心
扎穿岩层
汲取营养

七

河水上漂来一个柜子
红漆描金
柜子里有三摞茶碗
细瓷花边,越擦越亮
还有一把银勺
柄上有藏文一行:
酥油浇醋,豁嘴唱戏

河水上漂来一个柜子

青鱼锁住

里面藏着一罐土蜜

一罐土蜜

黑熊吮指,青鱼开心的钥匙

在谁手里

帕加小子是水里云

云头骑马,雨地里撒欢——

睡梦中飘来一个柜子

红漆描金

黄澄澄的金子铺满了大水

八

畜群已经转场

饥餐肉酪的藏族人

留下了三块石头的炉灶

白云,和它不急不慢的影子

这样的场景

在河边草地和一些背风的山洼重复出现

灶冷灰黑

或有一只四处寻觅的黄鼬在周围转悠

仔细嗅着空气中烟火的味道

作为一个迷恋过去的人
我是一根草芽尖上的露珠
是露珠里一口沸腾的铁锅
坐在天边的火烧云上
我是空山新雨后冒头的蘑菇
夜里听雷，晨前伸腰
而那离炉灶稍远的一枝金露梅
像是到了年龄就另立帐篷约会情人的藏族姑娘
暗香袭人

黄鼬不知
一根马鞭
把闪电大河插入昨夜

九
……一座城市
最早是铁匠铺
是打马掌锻腰刀红缨马铃走四方的十字路口
是紫貂皮换酒的去处
是茶马交易的光的集市——在甘青川交接的
雪山之下

现在

它闪烁着冷冷的城市之光

如同一块琥珀

躺在草地里

如同一个幼儿

在大河的臂弯里静静做梦

曾经,我到过它空气稀薄的梦里——

我是一个生怕冲撞无处不在的神灵而不敢走快的过客

我是一个拒绝入住豪华宾馆,宁愿

在河边草地上搭一顶简易帐篷的富商,因为

我是惯于倾听风霜冷雨的藏族人的后裔

我是刺青在一个男人胳膊上的女人,急于怀孕

我是一个走遍草原收购羊皮的穆斯林

我是一个关心赛马节议程并想成立

黄河湿地动物保护中心的学者和诗人……

哦,我曾经是那么多的人,带着虔诚之心和风的面孔

我还是无数黑颈鹤

挥舞着翅膀在水泽草地翩翩起舞,声鸣九皋

最终,我是绕城向东的河水

会给明早碰见的第一个人带去

一柄黄金如意

我会穿过秀麻峡、野狐峡、龙羊峡、青铜峡、三门峡

……东归大海
我有更远大的前程
我深水静流，从容不迫

现在
我刚刚离开海拔 4000 多米的高原上
这座真实与梦幻的城市

十

朦胧的黎明
大地渐渐显露梦醒后富足的表情——
露水中的山峦、乳雾漂流的草地
因为曲折复杂的经历而趋于宽容平缓的河流
大片成熟的油菜花
——那是藏族人的黄金，热烈，沉甸甸
就像他们的性格，豪放却内敛

那时，一捆捆蜂箱中睡眠还很甜蜜
金星因为爱慕雄强的黑头蜂王而自甘堕落
就像那只湿了翅膀的雌蜂在蜂箱上慢慢爬动
寻找通往世界的大门
那时，有无数飞鸣的水滴
撒向我们的心灵，自大河岸边一座藏有舍利的白塔

那时，畜群已经出动
走向漫无边际的山野草甸
跟在后面的
依然是那支古老的歌谣——
天留下日月
佛留下经
人留下子孙
草留下根

2012年9月22日—10月7日

第四辑　敦煌幻境

（2013—2016年）

江南小景

在糯米纸一样甜的雾里
荷花,浑然忘记了
藕断丝连的成语
荷花,怎么会有暗伤呀

一只提腿收胸的白鹭
立在漠漠水田中央
美如雨天的瞌睡

它快梦见了
梦见,我和你坐在自家屋檐下
看着那些菠菜
那些芫荽
淋着细雨生长
收尽了天地的青翠

我们坐着、看着
看到老,也没说一句话

2013 年 6 月 2 日

朔方的一个早晨

群山横亘
那摆脱了黑暗的马群是安静的
沿着山脊铺展到山坡平野的阳光
青嫩、甜蜜
仿佛正和西瓜上最美丽的条纹
谈论着自由舒展的意义

如此辽阔的一个早晨
我还看到了在群山之中傲然生长的三叶树
巨大的三片叶子,借风的力量
形成了一个绵绵不停地转动的叶轮
一朵向远方输送光明的花朵

如此辽阔的一个早晨
巡阅的车窗后是我经过岁月刻蚀的脸

2014 年 8 月 27 日

雁　滩
——忆旧兼示延俐

风吹果园
几个农民屁股下横着铁锹
坐着休息，卷烟看云

看我们骑着自行车
万绿丛中身影高低起伏
衣襟飘飘，携带苹果花、梨花的香气
向着傍晚初升的又大又黄的月亮骑过去

一直兴奋地骑过去直到炊烟招手链条掉了
直到雁声送玉直到有一天我们回过头来
塔吊林立

吊车的钢铁长臂猛然把我们拎在半空
不知放归何处

2015 年 6 月 7 日

空谷之听

布谷的啼叫
似银环在阵雨后的黄昏
把高原草甸轻轻拎起又放下

整座河谷只有
布谷啼叫
忽高忽低
高于碧峰雪线
低于灌木草根

更低的是
流水与谷底乱石的低语
混合着日落西山的冷静
与昨夜狼群撕碎一头公牛无关
与人的事情无关

水在流
布谷在啼叫
有谁还在叙说

2015 年 6 月 22 日

又过马牙雪山

群峰乱错
峰峰亮雪
峰峰硬语盘空

——可以借此险峰好牙
仰天长啸,但是不了
我只愿俯身一条清溪
半蹲半跪,用一块旧毛巾
捧起雪水好生擦一把脸
脖子和耳根后面都要好好擦擦

然后直起身来看看远近风景
半山腰上大片紫色阵云
那是六月的杜鹃花吧
在雪线之下庄重自若

仿佛此刻吸进我肺里的空气
无比清冽,无比甘醇
仿佛雪水……

2015 年 6 月 22 日

雁　阵

清秋。河西走廊上空
向南迁徙的雁阵
变换着不乱的阵形
忽而降低忽而拔高

那碎银一般的雁叫声
揣进谁心里，谁都可以
逆风西行，遇店买酒

一碗浊酒
是胭脂泪
还是黑河水

秋风饮马
不见霍去病
黄芦白荻
休谈匈奴人

谁饮酒长歌

柔肠侠骨
谁愁心难托
指天数雁

2015 年 10 月 13 日

反弹琵琶：敦煌幻境

一

落日一碗酒
沙岭之上。席地而坐
我得听我影子口干舌燥地劝说——

干了吧
趁血犹热、酒尚温，趁尚未风吹
沙平，有那可怜小虫儿留下的
一行歪斜的足迹——可以下酒
咀嚼——如你写过的诗句——
时间到了，她荤腥的线索
尽被星星收藏若无其事

干
落日一碗酒
晃出的，不是丝路花雨、天花乱坠，确乎是我
西天取经路上摆脱诸般困厄后的那一腔热血
两股清泪

二

月牙泉

这里是我解剑饮马的地方吗

一群鱼儿趁黑把一张铁背弓抬到天上
一群鱼儿从此变成弹琴的手指

一群鱼儿知道
我把自己的和向我射箭的
人的眼睛都变成这一牙清泉汩汩的泉眼了

三

垂目遐想的菩萨
借我你腰间的丝绦一用
我不会拿它将沙漠里的两棵旱柳捆绑成夫妻
自玉门关乌有的城墙上一寸寸放下去
我要吊西域半个月亮上来
吊一块羊脂玉上来
吊她上来

我是玉门关的总兵
我是横渡霜天的那只孤雁
此刻，我就把她吊在我嗓子眼上

菩萨啊，我凄切的声音
是你的是火的也是她的魂牵梦绕的丝绦呀

四
请到一颗被太阳的酒浆鼓胀的葡萄里找我
请到吸收消化黑暗的棉花地里找我
请别说风轻云淡什么的话
请到莫高窟的一座洞窟里找我
我不是护经者
亦不是那个眉毛低垂内心喜悦的供养者
请到一幅唐朝青绿山水的壁画里找我
请到生死轮回、因果报应的善恶世界里找我
请跟着松风找我，随着流水明月念我
请在一头九色鹿凝视着人的眼睛里看我

——大男子，你要尽善尽美顶天立地

五
常书鸿——
众多沙岭拱起的金色巅峰上
一副边框纯黑的眼镜
被风沙磨损的镜片带着冰纹。

段文杰——
戈壁中一辆载着落日的颠簸的卡车
反方向行驶
驶向佛光无量的白昼

樊锦诗——
白菊开在通往莫高窟洞窟的蜈蚣梯上
菊生露，露映霞
远天有鹰

敦煌——
一座由常书鸿、段文杰、樊锦诗担任名誉校长的弘文大学堂里
儿童如千佛集合正出早操，咚咚的脚步声
在白霜覆盖大地的清早咚咚咚咚
……由远而近、由近而远

2015 年 10 月 31 日—11 月 1 日

蜘蛛人

那些缒在城市的悬崖边擦玻璃的人
单薄的身影
晃荡在摩天大楼玻璃幕墙的表面

命悬一线
他们的屁股下面
都悬着一个晃荡的水桶
那用来不停淘洗刷子和抹布的水桶
不同于鸽哨
系在鸽子脚上

鸽群掠过
哨音清亮
仿佛玻璃幕墙上明晃晃的朝日
正是其中一个圆音的音符
纯净、圆润
仿佛那些擦洗不停的蜘蛛人
是可以忽略不计的杂音和低音
或者仅是几个灰白的泥点

与玻璃幕墙中水洗过的蓝天
既不沾亲也不带故

2016 年 3 月 20 日

第五辑　渡口
（2017—2019年）

苦 音

寺院沙枣树下
一头被拴着的公牛
舌头不停翻卷
舔着嘴唇

沙枣花的香气
窜到隔壁
秦剧团的家属院里
天已黑了
灯火的阳台上人影闪动

西北有高楼
牛角废墨斗

牛会流泪
混浊的泪光中
星星躲得很远
远在寺院金属的月牙儿之上
远在高楼与浮云后面

尾巴不时摇动
想要驱散
空气里不安的尘埃

黎明
是一架绕不过去的刀锋

它开始悲吼
整夜向着虚空
用力抛掷
胸腔里粗粝沉重的石头

它的苦音
让一个秦腔名角半夜醒来
辗转反侧：我虽善于运气，但仍不会行腔

2017 年 2 月 25 日

转　场
　　——赠友人

我们要去的地方
白唇鹿的嘴唇碰到阳光的苔草
石缝里的清水就像它回头张望的眼睛
四周围或有树影一短一长
北山的云，鱼化草，草化虎豹，变幻莫测

我们要去的地方
雨水嫩绿沙葱长势正好
圣主成吉思汗的眼睛
泉眼之眼，北斗以北
我们要去的地方要走上九天九夜

驮上帐房茶炊赶上羊群
转场前还有些事必须办完
马头琴琴柱断了，琴箱破了
那双穿过很久的靴子底儿掉了
昨夜煮滚奶茶、煮罢羊肉的火
已经灭了，灰已经冷了
还有我们的不如意和难堪

要一一埋藏，干净的沙土埋藏深些
让来年春风吹绿这挂念的地方

好了
我们要去的地方还有很远的路程
要骑上马牵上骆驼
让一条欢实的细犬蹿到前面
只是你别忘了
带着清晨的口哨
只是你别忘了
吹起夜里的口哨

2017 年 10 月 19 日

天　坛

松鼠在飞
在枝丫间，在侧柏与侧柏之间
飞来飞去

飞落草地，又飞上铁栅栏
长长的尾巴
控制飞行和奔走的方向，不控制其他事物
它似乎愿意为控制论提供新的注释

松鼠欢喜
它灵活的头脑和眼睛，是庙宇中仁慈的水晶

侧柏之侧
刚还有人，看罢松鼠，又看一只蚂蚁上树
蚂蚁轻于大臣

刚还有大臣，还有二十八宿
皇帝持重

皇帝只取信于天

天下肃穆，连玉簪花开花都不敢出声了

太阳的燔柴炉熊熊燃烧，旧的一天才开始

侧柏之侧，丁香歪斜

无我

2018 年 5 月 20 日

雨还在下

雨还在下,树还绿着
总有那么一天,亲爱的
也许我们早已不在人世
我为你写下的诗篇也早已失传
可树照样绿,像今天绿透了天地
雨照旧下,没完没了
像你和我还有千言万语
难以耗尽

2018 年 7 月 1 日

九 月

一把手术刀为我
重新打开一扇朝向街道郊野和天空的大门

从麻醉中醒来
我的睫毛像暮色中菊花的雄蕊
贪婪地呼吸着星星的露气

……已经得到的和必将丧失的
我都忘了

2018 年 10 月 1 日 清晨
10 月 9 日 重写

冬日清晨

下着小雪
水蒸气来自附近锅炉,在高楼窗外飞动
和九嶷山的白云以及乘风而下的帝子毫不相干
飞着飞着,水蒸气就凝结成一个人心里的冰

带着冰碴的大白菜
仿佛储藏着二十个世纪甚至更为久远的情感

而消息已断,但迟早是会来的
哪怕雪已越下越大,封闭了天下所有道路
雪路多处塌方,黑洞洞的裂穴正往外冒着白气
地球的心总还是热乎乎,热乎乎的

2018 年 11 月 15 日

杂木河

雪水从祁连山里流出
一直往北
村庄,一座比一座荒凉

从前磨面的时节
似乎总在下雪
雪很大,衣服鞋子都很单薄
流水帮人
流水之上再不见
松木的磨坊
马灯,在小小窗口里晃荡
黄昏亮到五更

杂木河
仿佛我母亲血管里久远的河流
她身患绝症的时候
想要去山根河的上游
坐一坐看一看

今年夏天
母亲故去十二年了
我回到故乡找回杂木河上游
坐了一坐
看了一看

河水很细
干旱
把祁连山的雪线又推到了新高度
雪线以下，松林青黛
那里是香獐、马鹿、熊瞎子和蓝马鸡的家
细小的雪水四面八方从石头间生发
从云缝里生发，从我母亲
没有了一切的心里生发
然后，在我头脑中汇聚
浩浩大水流出山口
一直往北

往北
青畴万顷

2018 年 12 月 11 日

谣曲：蒙古马

在狼山和乌拉山下有一群野马
任选一匹骑就可以到她心里
在色尔腾山和大青山下
有一匹野马，比昨夜的流星还快
它扬起飞快的后蹄
踢飞一头追袭的苍狼

狼皮剥下当褥子
请她和春天一起躺下
躺在青草野花当中

野花是青草的呓语
遮住了她的胸腹

百灵鸟叽叽喳喳
远处矮曲林中马的影子和云影
相互撕咬、吞噬
像爱的尽情的游戏

2019 年 4 月 30 日

渡　口

……我已经走了
一只无人的渡船
灰蒙蒙的水浪
远处山峦
这些都不能安顿你们

假若你们在此驻足
发现渡头有冷落的灰烬和锅碗的碎片
请想起一个野火熏烤的晚夕吧
那时我正在耐心细致地翻烤一条大鱼
为一个人，为天地间一场盛宴
也为后来的你们
那时蛙声把黄河古象的骨殖和两岸的旱柳都叫绿了
闷雷，给草棵间忙碌的蚂蚁增添透明的翅羽

绿雨潇潇
渡口
口含灯火
……我已经走了

我生活过

也短暂地爱过

庄重如许

饥渴如许

是如许知足

2019 年 5 月 14 日

疏勒河

昨夜有一颗小星
雪的孪生姊妹
陪伴他翻山越岭

她都说了些什么话呀
动荡的波涛折射出点点银花
醉梦一般
在野兽嚎叫的旷野
或是被一棵怪松的枝条挂住
或是真累了
在老鹰蹲过的那块岩石上歇脚打盹
雄性的疏勒河
何时把那一颗映照他心房的小星走丢了呢

穿过黑夜的针眼
急促的河水
变得开阔

空荡荡

了无牵挂

旭日站在河岸上
笑盈盈地说,瞧,他比我圆通
释然、自在,比我还要前途远大

2019 年 9 月 10 日

再访法雨寺

师父下山去了
一打杂居士礼送我
走出寺门

想起
十八年前来寺中
年轻禅师月下招待之情
玉瓷清茗
香菇面筋
禅房外面青松伺候
蟋蟀弄筝

十八年
一炷香
多少佳人寸寸成灰
山下黄河依旧

佛祖的耳朵里
满是涛声

积垢

敲木鱼,如掏耳
一点点
掏

清晨
正从太阳的火化炉中
掏黑夜的骨灰

敲木鱼,如种木耳
叩磬,如数米粒

佛祖在我身后
鸽子雪白的翅膀
在山前
把铁桥抬高

2019 年 10 月 26 日

莲　房

夏日红火
蜻蜓在阳光里变幻色彩
如爱恋的女友衣裳换得好勤

湖水的镜子里
云白、莲翠、蓝烟醉
波纹
从白银堆里细细预支明天的幸福

露坠粉红
莲花的开落已冷却为记忆的鸦片
——这一枝干枯的莲房
插在我书房的瓷瓶里如风铃
悬挂于一座白塔的飞檐

白塔藏佛骨
莲房里的莲子
也是一场人世之爱的舍利
一拜、再拜、对拜

2019 年 10 月 27 日

河边：秋夜思

月牙勾连
小星粲然

波斯菊在河边承露
安于低微
三叶草和泥土很亲
树树秋色
斑斓如猛虎隐蔽于蝴蝶

在寻找黄金和火焰的旅途中
蝴蝶和树叶不分先后
彼此和高低

高低是树的日子
枯竭是水的归宿

但水边蒹葭
仿佛仍在《诗经》的风里散步
仍在怀人

吟诗
仍想回到过去

在过去和未来之间
我是现在
是一条砖石铺就的幽静小路
等着你们的脚步
如落叶，窸窸窣窣
如雪花，大大方方
如回心转意的蝴蝶
回到初春

——在水流和车流之间
一座新建的河边凉亭
汉白玉栏杆吸引
一对正午的蝴蝶
世界在午睡别打扰
它们在折叠情书

2019 年 11 月 3 日

第六辑　凉州月

（2020—2021年）

在山道上

那是深秋时节
一辆蓝色拖拉机
装满了苹果,停在山道旁
摘苹果的人干吗去了
果树茁壮、低矮
站在道旁田间
树与树之间保持着恰当的距离

树与树之间
就像人和人之间是有差别的

夕阳鲜红
沉坠西山

留在枝头的果实
用不了几天就会被统统摘下
遗漏的,就留给鸟雀吧

远远的,炊烟已经升起

"杏花村里有家园
姐弟姻缘生了变……"
广播里的秦腔在山壑沟谷回荡

山脊线那么曲致、那么美
慢慢融入天空的幽蓝
幽蓝如深深醉去

2020 年 2 月 16 日

如 约

到边陲一座荒凉的小镇
没有我们认识和认识我们的人
镇子西头,是一望无边的戈壁

落日庄重
如走红地毯一般
挽着寂寞
缓缓走向
神秘圆满的殿宇

两墩茇茇草交头接耳
头发中有些风沙
我们肩并肩坐在一起
面朝西方金光炫目的屏幕
渴饮余生:谁说我们无所回归
我们热泪盈眶
温暖的电流不禁从心里交会
传给那些蹲在电线上的麻雀

小小麻雀

今夜你们睡在红柳的家里

在落日向世界投来善解人意的一瞥里

月亮，会如约赶来

把羊毛的银毡

披在我们身上

2020 年 6 月 6 日

山 行

半山坡吃草的牦牛

在它怀疑的凝视里

我只是一个孤独的黑点

重于片云、鸟鸣

异于满山的紫色杜鹃

我将沉入没有你的黑夜

数着星辰

那河水中永远也数不完的废铜烂铁

2020 年 7 月 12 日

凉州月

母亲，火车快进站了，早晨六点多
田野里黑沉沉的，透过车窗
我看见积雪、瑟瑟枯草
苦杏仁大小的月亮——

从前，你们还住在市区的平房里
储存的白菜都结了冰花
炉火上炖着羊肉，满院香喷喷的灯火
等我从外面回来的脚步声点亮……

老大不小，我又回来了。母亲啊
月亮那苦杏仁淡淡的清香
只有我能替你闻到一丝一毫

一丝一毫，便能使你得以宽慰？

2020 年 12 月 6 日

三叶草

假若一切事物都像三叶草
就简单多了

河边散步时
我弯下腰去,向你指认
三片叶子——过去现在未来
同时出现在一株植物的茎端

可你认识的我
不仅是我本人
还是她,她和他,和众人
众人的幸和不幸
都与我有关
与你梦中的天气有关
你也是我
我也是谁的旧亭台
和去年的落花

流水夕照

我从心底默然忏悔：对不起

我是当下的语言

我用过去，占有未来

2021 年 7 月 11 日

观察一只鹰隼

雪松高大
午后,一只鹰隼
梦栖一枝

眯缝着眼睛
它把天蓝
微醺的阳光
带进懒洋洋的梦境

风入松
但它仿佛一枚褐色的陈年松果
长在青枝上
不惊不扰

在这个秋日的下午
雄压飞檐的松冠之外
杂树丛中
红黄的浆果
耐心储藏着时光的酸甜

一只鹰隼
它侧歪的脑袋里
另有一个大的宇宙
还是一片混沌

久久背对一扇窗户
它突然移动
抖翅飞走

那被利爪松开的青枝
战栗不已
仿佛神经无所适从

2021 年 9 月 11 日

龙首山下

紫荆花开成海了
花海周围有我的亲人和旧时相识

想起故去多年的姨妈
我该头顶月亮,祭拜她一番
她在病中,曾送过我一副
亲手绣的鞋垫,喜鹊登枝

明早喜鹊或许会唤开她旧时家门
而我却要早早出发,越过西大河
更西,渡过黑水

秋天风大
把月亮吹得干干净净
像一只剥了皮的羔羊

2021 年 10 月 24 日

秋　来

鸟儿好语
来自哪里

从黑夜里流出的河水
都不愿意讲幽暗的故事了

火炬树灼灼燃烧
在十月凉爽的空气里
白蜡惜金如命
祈祷风儿柔些，再柔些
不要挥霍

落叶厚积的草地
已如金错青铜
让一群聚集的鸽子
足够欢喜了
你推推我
我靠靠你
阳光透过林间

它们怎知天下
还有忧愁
怎知五泉山下天桥
为何行人稀少

天桥、天桥
也在嗔怪
那个在桥下卖葱的人
那个在别处收苹果在桥下叫卖的人
为何比太阳起得迟了
为何星月一连三天都见不着他的影了

2021 年 10 月 30 日

凫　鸭

黎明迫近时
路灯格外
怕死

新雪贪恋着细沙
芦根的苦味
凫鸭饮河
一遍遍扎进冰冷的水声

鱼在哪里
哪怕如细针

浪底有天
云中藏锦
哪有针尖闪动
哪有瘦影缝纫

凫鸭倒悬
抛出一个又一个问号

2021 年 11 月 11 日

拼图游戏
　　——给语上

象牙还给大象

黄金还给老虎

枝角还给小鹿

聪明还给狐狸

蛇还给巫婆

巫术还给消失的恐惧

喔喔露水还给草叶

鸟的歌声还给云杉和松树

小松鼠抱着松果的快乐

清风传遍森林

把森林里叮咚的泉水还给你眼睛

把你眼睛里的天空还给我的心

我的心
我拥有和你一样的快乐

2021 年 11 月 13 日

冬月的一个周末

一

星期六下午
独自喝茶,想起
昨日驱车经过荒野
阴洼处,积雪清新
一个人的眼睛

顾盼,无处不在
哪怕在一个人从未到过的地方

二

养老院明年就会竣工
将来某一天你会来吗
有菜圃,有花园
有阅览室、健身房
有散步的林荫小道
可以窗下煮茶
如果下雪
飞雪,会使双人床的床单

显得格外白

临老相逢你会来吗
此刻，已经封顶的大楼后面
夕阳
那附属的锅炉房
成倍地扩大着城郊的宁静

三
从一个词到另一个词
我在无尽的隧道里穿行
忽而抵达开阔境地
群山突奔
蓝鲸涌入水蜜的天空

2021 年 11 月 28 日

第七辑　河西雪野

（2022年）

河西雪野

一座即将安装完成的高压输电塔上
有人在空中作业
还有几个忙碌的身影，戴着棉帽
在高高的塔下，从一辆停在附近的卡车上
运送材料

村庄如新雪覆盖的劈柴垛
实诚而轻盈
炊烟生动，散入旭日
距霍去病鞭指过的烽燧抱守的残梦
已相去遥远。群山逶迤
一支在雪中摸索的队伍
离开村庄，向着星星峡缓慢行进

流霜烁银
在输电塔排列向地平线的旷野
光伏发电板如无数甲胄之士组成对空方阵
硅晶的鳞甲收服皑皑的日光

一只喜鹊
从高速公路上方飞鸣而过
积雪和白杨的村庄，有她的表亲

       2022年1月4日

草原,一个场景

公路穿过
草原如向南北打开的书页

云很白
浮现于景泰蓝的天空

一户牧人
屋前屋后,晾晒着割下的青草

成堆成堆的阳光
善良的姊妹是远处的山峦

溪流淙淙
百灵鸟细碎的歌声来自哪里

流水中的细草和青白的石子
会认识我们的面影吗

多年前的一个早晨

我路过玛曲草原时不由得想起了她

我们永远都没有可能到此居住
晾晒青草，晾晒奶皮

遗憾用文字把我们的灵与肉统一
留在公路分割的草原，留在诗里

2022 年 3 月 15 日

为地丁花所作短歌

谁认识那些抢着去扛苦活累活的人
习惯于埋头扒饭
蹲在马路牙子上或立交桥下
就像
紫色地丁花
在梦幻的土地上饮露餐霞

紫色地丁花
在马路边的林间空地
绽放比尘土高出三厘米的存在

日色暧昧的林间
催归鸟,嗓子在冒烟——
地丁花,没钱花
云英变着魔法
用嘴唇的杯子收藏大海

2022 年 3 月 22 日

环州古城

胡笳羌管
四面边声早已化作逾越关防壁垒的青色了

老塔安稳
过了宋元明清
又见新城
黄昏燕子速捷
抢掠灯火的樱桃
和爱恋的背影

市井热闹喧哗
粉墨登场的人
掏心道情——
身子是个皮影影
桩桩①换个脑袋

---

① 桩桩，环县道情皮影人物由头梢和桩桩两部分组成，桩桩即影人身子，为民间俗称。将头梢插在桩桩的颈套里，与桩桩组合成形态各异的影人，俗称"线子"。

还想和你睡一宿

意重难禁清泪
更怕入道情
正如城里那一口能煮六十六只肥羊的铁锅
空忆壮士
白发风尘自萧关古道姗姗来归

2022 年 5 月 21 日

华亭夏夜

山月白净
河谷里幽幽的流水
能把人说话咳嗽的声音
带出很远

仿佛青黛山麓
明明灭灭的松露
滴滴都以无比留恋的态势
延缓失落的过程

华尖古亭
何从相会
芍药是否依旧绰约
爱的诺言是否尚未倾圮
尚可宽坐亭中
回望一城灯火
如麻庵河里结队出游的桃花鱼
以桃红为信
轻搽春腮

三千米煤层
在大地深处捂住乌金的火苗

山月随我胡乱寻思
如安口瓷器
又经历了一次窑变
不为人知

2022 年 6 月 5 日

嘉峪关下
——赠友人

黄昏时我们一起去戈壁滩上
南望雪山
让凉爽的夏风鼓满衣裳

在我们身后
雪山与黑山遥相拱卫的关城渐渐沉黑
高速公路上东来西去的车辆闪着灯光
呼应着天上奔跑的新星

想当年
林则徐霜发苍苍远戍伊犁
自雄关向西
马车摇晃的大轱辘追随落日
碾压着萧萧风声和遍地啸叫的砾石
寸寸艰难
摸索着心灵与祖国的边疆

如今关头一望
白色的三叶树列阵到天边

借瀚海风力
巨大的叶轮昼夜不停把光明输送到四方
输送到雄关下的不夜新城

——在那呼蚕水①导引盘空的钢铁虬枝
撒播丝路花雨的梦幻之地
十九座新湖虹桥勾连灯影和星辉金光荡漾
有红柳烤肉、美酒长歌还有我们的今盟前约

短衣轻便他年还来河西
指点明月
照彻祁连雪

2022 年 7 月 2 日

---

① 呼蚕水，即今讨赖河，属黑河水系，为嘉峪关市唯一的地表水，古文献中称为"呼蚕水"。

过河西遥望雪山归作短歌

世间的人啊
杏花的香雪还没有闹够
李广杏就青了,就黄了
如果黄尘就是黄发
遥望雪山的人怎会内心伤悲

雪崩倒涌
碧空堆满了无尽的丝绸

2022 年 7 月 15 日

肃　南
——赠友人

山坡上的白桦树
尧熬尔人的兄弟姊妹
在长发披肩的歌手铁穆尔的率领下
把用山泉水煮滚一腔肥羊的热情
和留醉白云的歌声献给远客

二十三年过去
奔腾的隆畅河
翠绿的水纹依旧活泼
用微笑的韵律触动着我的心思
我还是当年醉卧林间磐石
招手雪峰近前陪话的那个鲁莽青年吗

铁穆尔
你的老根在雪峰之下云雾深处
那里是百草和狼毒花世世代代争夺地盘的皇城大草原
那里的鹰翅在春天里弑杀浑身长刺的落日
炊烟多情世袭美人弯曲的腰肢
那里的牦牛在狼嚎下霜的夜里摆成阵势站着睡觉

今来不遇

我多想去那里和你相逢

盘腿坐在草地上听你端起海碗眯着眼睛忘情长歌

让明月加入

再醉一场

五黄六月剪羊毛

铁穆尔

县城里正好有一支医疗队要上草原巡诊

逐帐访问

他们能遇见你吗

我想捎去我的感念和问候

还有珍珠杏一样小小的祝福

          2022 年 7 月 18 日

挖土豆谣

等新麦归仓后再去挖土豆吧
让南风尽情吹拂
让太阳把更多的热力和糖分
通过覆盖地垄的绿蔓输送给它们
让它们在暗中长得再壮实些

等秋分后再去挖土豆吧
白露纷繁
提秧则散
滚落田野的土豆个个大过吃饭的碗

我们如此欢喜
有人在月亮姗姗来迟的傍晚
迫不及待用土块就地垒起了窑灶

我们把铁锹都放在了一旁
兴奋地搓着双手
让烧红窑垒的火光照着泥与汗的脸
土豆烤熟的香味开始四处乱窜

边地蓝莹莹的胡麻花

秋天鸟儿的眼睛

也和我们一起沉醉了啊

2022 年 7 月 24 日

红玛瑙之歌

在大漠边缘的一座小镇
我意外得到了这一串待价而沽的红玛瑙

未经雕琢的珠玑
是日月与风雨共同孕育的胚胎
是火与血的姻缘的剪影
是被奇异的想象搜尽瀚海
串联在了一起的温润的词语

执子之手
唯有沾染了马兰草幽香的素手
才堪佩戴这一串光彩内敛的红玛瑙?

曼德拉群山
一峰骆驼踱出黑色玄武岩
反刍着瞌睡的星星

2022 年 7 月 25 日

二　胡

只有我了解我深沉的情感
在静谧的黑夜里,只有我
能把泉水里的月亮
和安眠药自溺的形象分离开来
和过去,分离开来

我既是弓,又是弦,经纬相惜
我把血管里的风波和苦涩
化为松香和音乐
把一整座空山变成鸟儿的乐园

溪水幽咽,亦如一曲《忆秦娥》

2022 年 7 月 30 日

马头琴上的草原
——听苏尔格演奏《游牧时光》感赋

你的草原
是在一个人心上
是在你自己心上

假如在一个人心上
连一株苜蓿都找不见了
最后的奶渣
被一只蝴蝶收走
你还剩一个马头抱着痛哭
你还剩两根马尾相互倾诉

万里无云
云雀喉咙里的海子都蒸发了
走散的人各奔前程,各自珍重
马的骨头和马走失
走失的骨肉都会在春天变绿

生和死
都会绿在一起

2022 年 8 月 20 日

大悲咒

在这露水一般的尘世
相遇不曾相爱哪会有羁绊
同心永不离居哪会有忧伤

多好啊你的手
终是在我攥紧的手心里慢慢变凉
在我变成一粒尘埃之前
你已绝尘而去

2022 年 8 月 28 日

忘　怀

走到尽头
就是一个人穿过自己的针眼
穿过一场湿漉漉的大雾

晨钟
自天空深处传来
把阳光和金色的落叶铺满了山间小路

一双布鞋
初尝了秋声的喜悦

2022 年 9 月 3 日

到草原去

我多么想到草原去
大哭一场
一个人大哭

无须下雨
无须八月九月的闪电陪我恸哭
山冈上有云
云很白，云中马头
眼眸湿润又黑又纯

风吹过青草
风的形象留在草的腰里
年年草根为何总能盼绿风声

我把所有心血和泪水交给野花
野花把红颜交还给大地
只有大地有情有义
冰霜至时默默收留下我们

2022 年 9 月 18 日

秋分谣：波斯菊

在秋天的疆域
大片波斯菊就像幸福的颜色
就像我们曾经撒下的种子
在河堤在路边
在梦想的田埂和房前屋后

它们把白天和黑夜一分为二
沐浴着紫曦和月露
就像美丽的肉体挂着水珠
就像大自然放纵的宠儿
用热血谱写着改变世界的日历

动情的波斯菊
是萨福的芳唇和头巾
是你腰肢的曲线

它们把云烟和今天的太阳一分为二
它们就像痛苦本来的颜色和杯盏
自斟自饮

就像遍地旌旗分裂了秋天的疆域
和我的心

波斯菊是夕阳的印花
印在落幕的轻纱

2022 年 9 月 24 日

偶　忆

日影自交错的枝柯间投入林地
恍惚是琥珀色的茶汤微微荡漾

一只斑鸠于草间寻觅
如一人负手散步，侧目凝睇

山楂正红
红似海底珊瑚和秋日的思情

莫让流水冷了这一席虚待已久的绿茵
松下无琴，虫吟亦可助酒

我来非我一人独来
你已来我心上

2022 年 10 月 3 日

相似性

针尖明亮
缝纫机连续不断的走线声中
有蝴蝶，自母亲手下翩翩飞出

俯身在缝纫机上
仿佛踩着一台脚踏风琴
双手在黑白琴键上弹奏

多么相似的一刻
春天的二重唱
由母亲用沉默的背影完成教学

缝纫机已成舍不得放弃的收藏
机头上留有母亲的手温
沉寂的只是时间，母亲啊
你还在上一堂音乐课
蝴蝶每年还在故乡飞来飞去

唤醒花草的清香
和豆荚里阳光的笑声

2022 年 10 月 23 日

浩 歌

网络是一扇一扇的窗
和窗里一双一双的眼
一双一双眼
是一口一口井

一口一口深井
绝望没有回音

如星球阒寂
是一粒一粒的萤火
一孔一孔网络
宇宙之网
是一只飞虫羽翅上神秘的花纹

一只飞虫
在一块玻璃上敛翅
在未知的注视下
立正，稍息

2022 年 10 月 31 日

三年了

风雨凄凉几度
落红坠云成泥
三年了
青峰苍头
茫茫云水埋下多少辛酸

柳枝青了的时候
梨花白、桃花红
曾经携手的地方
鱼儿探头
燕子频飞，燕子年年还会归来

燕子的眼睛是最小最深的乡井
把孤心淹没
三年了，长分离
都无语

2022 年 12 月 3 日

第八辑　戈壁晨思
（2023年）

葡萄架下

　　南有樛木,葛藟萦之。
　　　　——《诗经·周南·樛木》

一嘟噜一嘟噜的葡萄挂在
葡萄架下
下雨的日子
一阵风吹来
碧叶萋萋
水珠纷纷坠落
如一个年轻身影扯起袖口
擦一把额头的汗水

葡萄籽在每一粒圆熟的葡萄里
如胎儿闭着眼睛偷听
雨水滴沥
鸽子嘀嘀咕咕
麦草和泥土混合着炊烟的味道
渐渐飘散开来

葡萄的枝蔓爬向廊檐

遮暗了南窗

东窗之下

一只独立的公鸡

大红肉冠像雨中火焰

不远处是饮牲口的石槽

粗粝而稳重

有说话的声音从大门外传来

我祖母、母亲和婶娘

从农田收工回来了

她们似乎从未离开过这里

没有离开凉州塔尔湾一个久远的家族

母亲黑油油的辫子垂过双肩

而我们，众多姊妹

或才出生，或正在胎中

碧叶蓁蓁

葡萄枝蔓荡悠的触须

如嫩绿的时光

再次把福禄引向过去和未来

2023 年 1 月 1 日

雪 雾

乡下的雪
雪雾清新得如冻梨的水
融入热肠

一只母羊
拴在庄户外的闲田里
两只羊羔围绕身边
和母亲
一同咀嚼着玉米秆

那种进食和反刍的声响
干爽、迷醉
如同三弦没有杂质的谐音
穿透了清晨的阳光
四野积雪更加沉静

松雪为障
祁连横断青海
坚守着清白

北面是累累坟茔

物是人非，在田畴

新雪的滋味开始渲染着新春的气氛

新人履迹一经蹈践雪地已如陈醋麦酒

　　　　　　　　　　　2023 年 1 月 26 日

暮 雪

雪越下越密了
蒸汽散入雪雾
天色渐暗

宜烫酒
宜整杯盘
宜问人
"能饮一杯无"

宜问之人都很远
右军远在东晋
快雪时晴
他才写罢"羲之顿首"
提笔沉吟
林教头远在沧州
在风雪山神庙独自吃着
一葫芦冷酒
朱贵在梁山泊道口开着酒店
飞雪茫茫

芦花荡中藏着接应小舟

潘金莲不宜问了
远在阳谷县城紫石街上
怀揣小鹿,等着叔叔
从县衙冒雪归来
妙玉也不宜问了
她在栊翠庵里
收集红梅上的新雪
煎茶自吃
……

雪越密
越密。密如一个人年轻时的秀发
一个人,只能在一个人的过去
如此妩媚

伸着头
望向窗外
对面染白的屋顶上
不知何时飞落一只喜鹊
轻轻跳跃

2023 年 2 月 12 日

雨 水
——梦老乡老师

獭祭鱼，鸿雁来
我梦见你穿过死亡和霜雪前来
你还爱喝茶、干净的黑衬衣
小泽征尔式的灰白的头发
目若寒星，端着微温的瓷杯

雨水绿、茶山新
陈茶都该换换了
活着时你劝诫自己
"小事淡远，剩下的大事
就在桌上
桌前一碗酒
哪管身后名"

死去活来
一口河南话的导师
你除了在五更梦里
向我打听你家人的下落
和海河的春汛

你还会逼我

拣净诗里的废字如鱼目吗

鱼目岂能混珠

长留世上的文字都是情感的舍利

青魂唯有情牵梦绕

才能随着雨水转回春天

獭祭鱼，鸿雁来

你来我梦里

仿佛三十多年以前

兰山之下穷巷陋室

烧酒说诗，粗茶论文

窗外雨水绵绵不断

雨声

像被时间耐心修改的韵律

2023 年 2 月 14 日

宁昌河谷的谈话

五月。山外杏花才开
山中草木犹黄
山头积雪岭上白云
但有远近不分亲疏

河谷里涧水淙淙
穿行于乱石之中、冰板之下
野桥数处在暖阳里等待什么

请跟我来吧,铁穆尔
带着你的乌兰和爱犬
从夏日塔拉草原赶来
来到这松林驻守的河谷
与我们共度美好的一天

散放的高山细毛羊
染着花花绿绿的颜色
如同带着尧熬尔人的姓氏
远离牧户的棚舍

在山野里啃食黄金的草芽
一只受惊的母羊紧跑几步
在野桥旁，一边护着吃奶的羔子
一边朝我们回眸
而那惯于在悬崖峭壁俯瞰和沉思的岩羊
未曾出现，只有从雪山陡岭失足的黑熊
在你惋惜的话语里闪过

大雪的日子总是艰难的日子
大雪染白了多少人的须发
大雪掩藏了多少憨憨的骨肉
你说，你已经拉了几卡车松木
劈成烧柴，码放在夏日塔拉草原的家中
草原也如同此地，也如同九条岭上
七月八月花始盛开
你家里壁炉从秋天一直烧到立夏
夏天，星星在草原深处集会亲如兄弟
夏天的夜里，壁炉里的火也要烧旺
朋友去了，有酥油奶茶
宰牛煮羊，九月十月，连蘑菇都肥了

你小小的爱犬，时而跑在我们前面
时而在你怀抱里，眨动着水墨的眼睛

听我们说说话话，往河谷深处走去

褐色的松果已经风干
落在松下，又轻又空如大千一梦
其中的籽实或被一阵风带走
或沉入泥土
仿佛语言
阳光的种子

2023 年 5 月 7 日

酒　海

即使用犀牛角的舀子
也无法从四百多年前遗留下的酒海里
舀出前朝的花月和音尘

一张略带疲倦的脸映现酒海
譬如探入古寺的藤蔓萌生出一枚新芽
但真正令我沉醉的却只是我内心深深的寂寞
——五谷的情歌、水火的悲欢尽在不言之中
我用秋月春风和走遍大地的艰辛
酿造和完成自己的历史

就像在人与神的边界
在贮藏这一酒海的秦岭南麓的盘山道上
一条扭动着的蛇在行车前快速横越
试图躲过雷电觊觎的手眼
回到密林那永远的乐园中

2023 年 5 月 21 日

关山月下

鹿在惊恐奔逃,黑山岩壁之上
在背后紧紧追赶的
是饥饿的箭头与坚硬的风声
擦出磷火,引燃沉沉戈壁

朵朵幽蓝的磷火
只识弯弓、野兽的眼睛
只识饮血的男人,和茹毛衣皮的女人
那在黑山以南雄关以西
列阵的输电塔和三叶树的林带于它们是何其陌生
在干燥的夏夜里,哪怕携带溶溶月色示以亲善
它们也始终若即若离,怯怯游于风光核电的边缘
——那输送光明的巨型阵图如欲望的瀚海
往往吉凶难卜、黑暗莫测

天翻地覆
"饥即求食,饱即弃余"[①]的狩猎时代毕竟一去不返

---

① "饥即求食,饱即弃余",出自班固《白虎通义》。

飞机替代萧萧马鸣

火箭替代秋风宝剑，蓄势待发，待鲸跃长空

吐出一朵硕大无朋、妖艳无比的蘑菇

关城之上

谁是扼守残局的老卒

背倚冷月

独自叹嘘

饥即求食、饱即弃余的狩猎时代

果真一去不返了吗

2023 年 6 月 4 日

戈壁晨思

不要说一轮旭日正在跃跃欲试
在地平线上大炼钢铁
把成千上万吨钢水倾入
青涩的天空和哑默的大地

——焉知陈旧的比方不会冲昏头脑
不会造成新的大面积的伤害

让一列奔赴边疆的绿皮火车
跑得慢些,再慢些
玉门还远,低窝铺依稀还在梦中
柳园、敦煌、哈密、吐鲁番
还是天边闪烁不定的星座

那时,我还没有遇见我
我还没有遇见你
九色鹿[①] 遇见过落水者、劝说过国王

---

① 九色鹿,引自敦煌莫高窟 257 窟壁画故事。

骆驼草和砾石云影在清风中交谈
红柳在缓慢生长
柳编头盔和铝制饭盒还没有
和飞沙走石在塞外磨合

一万年不久，我们早晚
会在旅途中惊喜相会
或在某座荒凉的小站悄然错过
怀揣青春梦想和各自的方向

2023 年 6 月 10 日

花　海

花草汹涌落日

落日是一个人的背影
是提在手里的小皮箱颜色暗红
不管多么留恋，一步一步
往地平线下挪去

一列停在花海深处的绿皮火车
似乎落日就是刚刚从这儿下车的
似乎忧伤的灵魂正从车窗里向外探望
直到望不见那落单的形影

无可簇拥的花草
终于梦醒一般从天边反噬过来
将整列火车淹没

在事故地点
几只红嘴玄鸟兀自议论着薰衣草的味道

照临月光

2023 年 7 月 8 日

大峪沟露营

追凉的人们在此搭起了帐篷
喝茶,欢聚
在草地上烧柴煮肉
捏藏包

烈酒永远都是太阳的热情
为友爱储备

云在山间没有挂碍
云跟哈达以及
从草露鲜明的大地上升起的炊烟
保持着劳绩和诗意之间的距离

你可以离开帐篷
独自一人深入午后的山谷
流水洗心
银露梅在河边砾石中寂寂生长
银灰色叶片上些许灰尘
并不足以让时光发旧

对岸青黛的松色中

隐藏着黑熊野鸡

和我们并不知晓的多少新鲜事物

当黄昏来临

热闹一天的草地逐渐沉静下来

两只毛色艳丽的鸟

降临人去帐空的营地

欢快地啄食

仿佛王和王妃

在用钻石镶嵌的小刀

细心剔食着牛骨羊骨

不舍星粒

2023 年 8 月 5 日

石门云

石门开，细雨来
八月的山中
旱獭串亲

旱獭作揖
猎人成佛
夜来石门河水涨了几许

人间有多少忧患
山花哪里知晓
金露梅和紫色杜鹃
已自烂漫

垂顾四野的云
马牙①之雪在天庭若隐若现
若杀气，峥嵘难掩

---

① 马牙，指马牙雪山。

野桥横陈

山乡僻壤哪一片云中

仍有朽人痴心不绝

想自度度人

唯有白牦牛在半山坡里吃草

细雨乳雾中回眸

安天下若素

2023 年 8 月 12 日

雨中过崆峒山下孤村

青绿无比的乡村
淋着雨生长的葫芦果木
多么像是无人照顾的孩子

院门紧闭
一家便是一花
一户便是一个世界

谁肯来此过活
一个人才上心头
又匆匆走远

我依然是独自一人
背负满天风雨
犹如穿过村庄的黑色电线
怀抱电流，沉入冷寂

远处青峰
似天地的孤独

云绕意迷

云雾带来透雨

云散雨收之时青峰更青

青青

兀立在黄帝问道之处

　　　　　　　　　　　2023 年 8 月 13 日

绿洲曲

万里无云,千里无人
阳关以西
被太阳的紫外线烘烤的戈壁野烟焦煳
在长途跋涉者绝望的尽头
一块绿色的翡翠
是芦苇环绕的村庄
白杨钻天

和绿色相依为命的泉水
是从雪山来的
是偷渡枯骨磨铁的关防隘口
经过了野麻湾,从荒凉的地表深处
千回百转,一路摸黑来的

水和绿
和梦
相依为命

和你

相依为命

泉水歌颂的葡萄园
在热风中生长
一嘟噜一嘟噜的葡萄挂在葡萄架下
细雨滴破皮,我心忧矣
十里有云,我心忧思
在圆满和收获之前
三万亩葡萄还需要九天晴朗的日子

村庄外的晾房
像太阳的八百面手鼓
准备敲响

和你相依为命
你泉水中的星辰
是爱的眼睛

你续命的泉水
是孩子的歌声

2023 年 9 月 8 日

阿克塞的山头已降下飞雪

在阿克塞县城的养老院
我遇到了一位八十多岁的老人
床头放着一本哈萨克语诗集
还有他的族谱,他眼窝深陷
狐皮帽子闪着金红的光泽

年轻时或许是驯鹰呼鹰的猎手
双叉猎枪撂倒多少飞奔的黄羊
剥过狼皮拉过骆驼,在转场途中
用羊毛编制的幼兽袋背护过孱弱的羔羊
哈萨克少女头戴的鹰翎令他心动不已
月夜里,独自一人在北风撕扯的帐房
拨动冬不拉的琴弦……
但这一切都成了烟云

如今他的双手变得绵软迟缓
早没了钳住盘羊弯角扳倒
一块山岩的力气,他需要的
不过是一日三餐

一碗奶茶、半把炒米
已足够让他欢喜
岁月早把他内心的猎鹰驯服
铁的爪喙消隐于无为
和一派和平当中

九月
阿克塞的山头降下飞雪
无人惊讶
城边白杨黄了半边

2023 年 9 月 8 日

岩 羊

乱石和草色之间
青背白臀,黎明的动感
来自岩羊

岩羊选择食物
如同诗人选择名词和动词
思维敏锐,从一个词
跳跃到另一个词
中间是野花寂寂的缓坡
或杀机四伏的绝境
是曲折和艰难、怀疑与否定
是饥荒与满足
是舍和得
绝处逢生
岩羊立定于一块怪石的锥尖

跃上群山的旭日
仿佛刚刚踱出栏圈的骆驼昂首阔视
仿佛一滴热血

正在和它交流

渊底
水声清远
穿过幽暗

2023 年 9 月 10 日

野牦牛

六月是发情的季节
一头野牦牛高高竖起的尾巴如烈烈大纛
挟带着雷霆的血性,雪山凌厉
从云中,闯入牧人的畜群

不必赘述那畜群中奋起反抗的公牦牛
毙命或负伤后落荒而逃的丧家之痛
有几多悲壮、几多凄凉

那一对弯弯高挑的雄性犄角
如主宰荒原的光轮
刚刚升起在盐池湾波动的牦牛群之上

远远地,牧人捂着张大的嘴巴——
小心!它还有足够的蛮力
掀翻越野的金色吉普

2023 年 9 月 16 日

牧　户

在肃北一处山坳
一对夫妇正在沙草地上搭建帐房
一匹枣红马系在拴马桩上
在一旁静静站立，眼眸湿黑
淘气的马驹跑前跑后
亲热着长途跋涉后稍息的母亲

帐房的骨架已经搭起
地钉牢固
绳索如同反射的光线，柔美坚韧
在太阳落山前，不紧不慢
他们会把马背上卸下来的炒面口袋
卷紧捆绑的被褥以及其他家什
慢慢搬进帐房
奶茶在灶头沸腾，酽醉了晚霞
周围光秃秃的大山
和河谷里疏朗的流水声
变得亲近

石包城不远
一只飞鹰
不是一顶头盔
在寻找一个紫袍被蛀蚀的将军

三两只旱獭
在那城头遗址眺望
或许会看到他们劳作的身影
一举一动,就像黄昏山谷里
籍籍无名的野花
尘土里的花瓣
那么细碎纯净
和谐但又莫名惆怅

或许什么也没看见
除了一群伸长脖颈四处找草的骆驼
出现在他们帐房附近
祁连山雪线更加高渺
因为干旱少草,尽管已是九月
那些骆驼一个个都还耷拉着驼峰

不用说贴足秋膘
驼峰巍巍

才能应付即将面临的严冬

在僻壤穷途

有他们休戚与共的日子

2023 年 9 月 17 日

瓜州谣

一

把灌进左耳的冷言恶语
导出右耳
化作鲜花无数
榆林窟的佛啊
我能像你一样吗

二

一道闪电里
有刘郎和霍嫖姚
对饮谈笑的影子

贴地谛听的耳朵
隐隐的马蹄声
传檄千里
战栗边草

锁阳冒头
武威已定

滚雷过境

酒泉倒酒

瓜州红柳红

匈奴遁无踪

2023 年 10 月 1 日

甘加秘境：白石崖

鹰翅平稳抬高的崖壁之上
丹尼索瓦人生活过的溶洞
滴水如钟
石头上浮现光明的手印

谷底流水淙淙
红嘴鸦如同远古火种
时现时隐

流水转经的地方
一缕缕羊毛
系挂在水柳之上
黄刺之上
松柏之上

一缕缕羊毛
正是牧人虔诚的祷告——
乳白的炊烟
不分阴晴雨雪，一缕缕

自摩托替换走马的草原上升起

崖壁上
牧羊犬守望的羊群
是遍野的星辰

2023 年 10 月 14 日

尕海边

一匹在尕海边吃草的马
不时抬起头来
注视着公路上往来的车辆
在铁丝围栏里
它黑水晶般忧郁的眼睛
仿佛尕海冷冷的缩影

雨雪霏霏
白天鹅已远远飞走
黑颈鹤的鸣叫也已沉寂
牛羊安稳,仿佛金银玛瑙
镶嵌在一块水蓝宝石的周围

两只半大的羊羔淘气地钻出了草场围栏
着急劝返的牧羊女,张着双手
在公路上左右拦挡
纯银的耳环晃荡着远近的白塔
泥水混合着斜飞的雨雪
打湿了她藏袍的下摆

水天一线

只有远在天边的阿尼玛卿雪山

懂得那匹马的寂寞

像是理解一位遗世独立的诗人

它们身上

似乎都覆盖了整个世界的雪

2023 年 10 月 15 日

铁尺梁

一

千里岷山
一艘雪白的远洋巨轮
浮现于湛蓝的天边

燃烧的太阳
似失控的舵轮在自行转动
水手又在哪里

哪里是梦里家山
哪里可以安顿身心

群山之间、众神之上
风马高于猎猎西风、阵阵鸦噪
把尘世的祈祷带往无垠的虚空

二

一头横卧于盘山公路中间的牦牛
太阳爱惜沙棘的浆果

又红又酸
也爱惜它的旁若无人
冷暖自度

铁尺梁
谁肯用世界上最重的尺子
丈量人世间最卑微的欢喜

2023 年 10 月 30 日

尕海颂

以瓶镇海
让宝瓶中的珍珠、玛瑙、青稞、松石
守住水里的星辰、裸鲤
和阿尼玛卿雪山永世不化的积雪

八月飞雪的尕海啊
炊烟烈酒是人世的安慰
卓玛的眼睛和牛羊马匹
都是草木中的露珠

一对黑颈鹤越过黑夜的白塔
飞向恩爱的源头

2023 年 10 月 30 日

莲花山令

山林间，深褐色的泥土
是如此潮湿、腥膻
仿佛母性成熟的气味混合着
新雪的清新，仿佛本初
稀罕的情爱

刳木取泉
清流淙淙，在高山危岩间
展开冰雪的歌喉

《上去高山望平川》①
"河州大令"久已沉寂
对唱花儿的热身子和大眼睛
又哪里可寻

云杉直逼蓝天

---

① 《上去高山望平川》，为花儿曲目，调寄"河州大令"。

脚户① 走过的鸟道
原在苍山老林之上

之上才是裸岩的峰峦
才是洮河梦魂缠绕的白莲花
三更里高攀五更里摘
摘来冰糖星辰，迫切着
送给心上的人

2023 年 11 月 23 日

---

① 脚户，旧称赶着牲口供人雇用的人，或旧时称代人长途送货送信的人。

羚城有寄

清晨依然和牦牛奶一样新鲜
高原上的朝霞从山冈上升起
依然动人,仿佛初恋时的信笺
此时,我该如何劝慰你
解放自我于黑暗的岩石

鸽子永久爱着晴朗的天空
亲爱的,我多么希望
带你一起去旅行,山水陪伴
让苍茫风雪成为新诗的背景

2023 年 12 月 1 日

阿木去乎

阿木去乎
一座藏族人聚居的小村庄
在森林茂密的山隈
在洮河岸边,它在
藏语里的意思是:耳朵

暖阳和青稞地里金黄的麦茬
兑换酥油的亭午,它在静静谛听
一头牦牛在半山坡咀嚼的声音

流水浮翠
青山几度自新又几度蒙尘
坚冰封河,到河边破冰洗衣,或用
木桶背驮星月的身影,宛若度母
惜未得遇

干燥的冬天,阿木去乎
一只耳朵急于听到雪落林野的声音

雪粒和炊烟在蒙蒙的雾里
在插着风马旗的屋脊相遇,如同迎亲

2023 年 12 月 2 日

白鹭侧记

在秦岭山脉冬季的灌区
它出现在一条清浅的河流中
像旧课本里崭新的插图
或一架风琴的雪白的琴键

周遭是灰暗的土地
塑料大棚里的蔬菜
不分季节地努力生长
一个翻耕三茬地的农人
满是老茧和泥垢的双手关节粗大
正在为拖拉机更换犁头
他默默承担这些的时候
看起来,和白鹭一样顺从自然
习惯了命运的安排

他是儿子同时是丈夫和父亲
一个凭力气养家糊口的男人
虽然和白鹭处于同一片天地
白鹭轻举,双腿平直

飞鸣也像银犁，切开沉闷的空气
但他们是各弹各的调
他并不跟随白鹭探究什么"明月前身"
他只知道有需要交纳的各项费用
包括浇地的水费、一家人的医保金
电费、学费、取暖费，还有买化肥、种子的钱……

白鹭一身轻，横竖是乌有的账单

2023 年 12 月 15 日

牧女像

薄雪覆盖的草原
一家牧户的屋舍外面
牛粪饼垛成了一堵堵褐色的山墙
一架倚墙而立的木梯颜色斑驳
其下是一只来回窜动的藏獒
注视着它忙活的主人

——一位紫红脸颊的女子
束腰藏袍外罩一件旧夹克
驱赶着牦牛群横穿车辆往来的马路
她的珊瑚项链犹如部落的火种
映照着鹰眼

黄草遍山
那些肩胛如花岗岩般高耸的畜群
犄角弯刀,背脊没入浮云
仿佛追寻披戴犀甲的古代武士

她随行的背影

一朵隐藏于风中的藏红花
也仿佛吸纳了天地的气血

而天地不言
山冈连着山冈

2023 年 12 月 16 日

界　限

多少双手
在冰冷的废墟中刨挖着

一个号啕的童声
从坍塌的石板下面传来
"我害怕，妈妈"

四岁的孩子才刚刚脱离母亲怀抱
他不知道的是
埋在他附近的年轻母亲还有他的祖母
身体冰凉，已经听不到他的哭泣
和其他任何声音了。清早
鸦翅浮现于枯木西风的山野

黄河浑浊而无声流过
在积石山县大河家
众手小心翼翼
满脸泥污和泪水的孩子
惊恐的眼睛像两枚远古的小贝壳

让人不禁联想到
离此震中不远的广河县
齐家文化博物馆里有一对化石母子
那是四千两百多年前
地震发生的刹那永恒地定格
母爱紧紧护定的怀抱里
一个婴孩已和寂静连为一体
怕与不怕没有界限
——当考古队员
把他们从泥土中
挖掘清理出来的时候
与今天的情境在似与不似之间

"我害怕,妈妈!"
这稚嫩而孤单的呼喊声
仿佛高山峡谷横亘在生死之间
奈何此刻什么都不怕的母亲
已经再也不会出声:"宝贝,不怕!"

2023 年 12 月 21 日

迭 部[①]

山脚的青稞地手绢一般珍贵
往上是苍郁的森林
梅花鹿九天九夜都跑不到边
浮云积雪中
虎头[②]俯瞰着白龙江流过的城市
花灯浮冰，暮寒渐浓

风雪赠火镰[③]，伊人远在早梅边
黛眉长

2023 年 12 月 23 日

[①] 迭部，隶属甘南藏族自治州管辖的县，古称"叠州"，藏语的意思是"大拇指"，被引申为是山神用大拇指"摁"开的地方。

[②] 虎头，即指虎头山，位于迭部县城白龙江畔。

[③] 火镰，一种比较久远的取火器物。在清代，火镰还是定亲的聘礼之一。现已失去实用功能，藏服常以其作为腰间挂铈。

平安帖

祈求大地平安、众生平安

愿猫头鹰借栖一枝安稳睡觉
愿世界上任何角落、任何家庭的鱼缸
都不会遭到炮弹袭击或地震摧毁
愿没有一条金鱼被泼翻在地
在遍地瓦砾和碎玻璃中挺身挣扎
不甘与一盏路灯或一颗寒星作最后诀别
愿桥梁没有裂缝依然可以跨越
高山峡谷，跨越国界
和人心惟危

愿幼小的孩子不会因天灾人祸骤失父母
愿一生经历过饥饿和浩劫的年迈之人
可以安享平静的余年
不再经受接连挫折和过度惊吓
愿"日出而作，日落而息"
日月依然是一年四季的作息表
依然是光明的主宰

祈求风调雨顺、众生平安
祈求把钥匙插进锁孔的每一个人
都能找回家里
在自己的心灵中过夜
祈求每一盏台灯下
都有一杯温暖的白开水

          2023 年 12 月 24 日

舟　曲

在暴洪和泥石流的废墟上
通往翠峰山顶的路灯
汇聚成银河新的支流
水声幽幽
白龙江从峡谷深深的伤口穿过
不掺杂哭声也没有红豆杉
停云的歌声

更永久的虚静里
黑沉沉的山野或山民错落的屋顶上
悬垂于光裸枝丫上的柿子
如同潜伏在夜里的太阳
品尝着十二月呼呼的风霜

谁知道苦难的眼泪
颗颗冻甜
谁知道无可回归的心灵
尚有明天

2023 年 12 月 30 日

甘谷草图

打谷场上
月光徒然怀念
习武的枪棒

唱戏的锣鼓犹未沉寂
乡村舞台后面的杂草
像课本以外的生僻字
而字里行间的月魄
像一位花旦演员遗失的绢帕
褶皱里的阴影
隐藏虚寒

午夜货车
驶过城郊
用金属的笼子
运载西伯利亚平原狼
和它们眼睛里无尽的乡愁

用面团塑造诸佛的苍生

在水滴一样苍白的梦境里
等待天亮
大象驮来莲花

2023 年 12 月 30 日

第九辑 清明短章
（2024年）

次　日

草地上有霜
松林中有跌落的松果

一只小白鸭
在冒着热气的溪流中游动
偶尔发出单调的鸣叫
似在求偶

周围黑黢黢的参天大树
许多已活过百年
静气清幽

多少人事已如昨夜星辰
天狼星下
塞翁失马，醉酒对花
青冰上的牡丹，大叶粗枝
白净如你

深夜里来的太阳

心攥成一疙瘩冰糖

心若不能换心

换个金顶针

搁在东山顶上

        2024 年 1 月 11 日

自画像

郊原
一棵孤树之上
雪月无声

我是自己的阴晴圆缺
一座灯火璀璨的城市周围的荒寒
要由我来填充
以雪填充,以刻骨的诗歌填充
和多情有关,与你无关

你是灯火中的漂流瓶
装着别样的梦

2024 年 1 月 12 日

酸甜曲

这些自然生长的草莓
说是星辰和露水的姊妹
不如说是来自乡野的酸甜的曲儿

她们被富贵人家放置白玉盘中
就像古代宫女被忘记在深宫
转眼颜色衰败

没在齿间留芳
好像白活了一场

2024 年 1 月 13 日

村庄：黑力宁巴①

黑力宁巴
象背上驮着莲花
它是白桦林对面的村庄
它是镶嵌在一把腰刀上的绿松石
它是佩戴在伊人胸前的珊瑚珠串

黑力宁巴
去往阿木去乎镇的必经之路上
它是一颗寥落的晨星
远在黎明出动的畜群和起伏的群山之上

当我和你相约
在大雪的日子里一同去看它
你可知道那被积雪勾勒的山脊线有多么动人
仿佛少女腰臀的曲线和水月观音净瓶里的水响

当我和你相约

---

① 黑力宁巴，位于甘南藏族自治州夏河县阿木去乎镇境内，藏语意为"白桦林对面的村庄"。

在大雪的日子里一起去黑力宁巴

在那木寨里饮酒烤火

你相信吗

遗落在荒原的一具牛头骨

它空洞的眼窝里

鹰正飞翔

水正流

潜伏地下的淫羊藿、虎耳草、锦鸡儿①……大地的酥油灯

就要点亮一个新春

2024 年 1 月 14 日

---

① 锦鸡儿，豆科植物，又名阳雀花。

碌　曲

黎明。草野大泽
火狐潜行
灰颈鹤拍动翅膀

河流拐弯的地方
酥油、红糖渗入空气
当婴儿的第一声啼哭
从风霜的产房隐约传来的时候
散布的羊牛停止吃草
一同回头，目送山峦上
一颗沉落的晓星

2024 年 1 月 18 日

大桥补记

那灯火繁华的大桥
在子夜之后
像一张字儿全部飞走的报纸
进入意识的空白

一颗星星俯下身来
在停止震动的桥面上
搜寻一枚绣花针

绣花难补
河水两岸
多少无梦的窗户
都是情的破绽

流水拥着桥墩
抱信之人远在古代

2024 年 1 月 20 日

雪　路

> 冰河牵马渡，雪路抱鞍行。
> ——庾信《昭君辞应诏》

也无马牵，也无鞍抱
冰天雪地，只有他一个人
咯吱咯吱踏雪而行的影子

像一头失群的麋鹿
一边嗅逐冰雪下的苔藓，
一边瞭望远方
一个人在没膝的积雪中
深一脚浅一脚

水流在冰下的声音
如血液在他身体里
自言自语

在他侧前方
一只蹲踞于烽燧上的秃鹫

黑氅锐目
好似剪径的强人

沾满雪粉的太阳
白花花的满世界的银子
统统给它吧，拍拍双手
他已一无所有

可它目光依旧阴冷刺骨
它索取的难道是
深藏在他心里的一团火
一个让他一条道走到黑的
名字

2024 年 1 月 28 日

雪的反光

被雪染白的峭壁上
几头逐食的黑牦牛似天然岩石
突兀的只是封闭的高速公路上
一辆铲雪车,扬起阵阵雪雾

疏林萧瑟,远近村庄的屋顶
被夜来降雪修葺一新。雪还没停
红嘴鸦飞鸣而过
或一群麻雀在雪枝上议论
都不能道尽众生的寒苦

山与山的皱褶里
铺陈着狭长的积雪
因格外冷僻而发出幽蓝的光
仿佛一个人在秘密的境遇里
陷入长久思索

2024 年 2 月 7 日

白鹭外传

一只白鹭
临河而立
它细长的腿
在苍茫中徘徊
踩着的乱石
或像星辰
或沾带淤泥
像一个个现实的问题

可它就像老子
清静无为
就像从黑铁的枝头上
冒出的白玉兰
更新着人类的日子

2024 年 3 月 17 日

清明短章

一团团杏花
在山坡野田屋后楼前
像轮回转世的人不分贤愚
浑身阳光春水
和空气热烈地恋爱

——如此情形才是雷惊天地
谁已觉悟
莫说寒食过后雨足草柔
闪电在冥冥之中编织花环

2024 年 4 月 6 日

空　姐

万里云海之上
一架飞机正如鲲鹏
来自庄子鼓盆而歌时
剥落的一点颜色

舷窗之外
寒流滚滚
海立山奔
细腰窄肩的空姐
会用最温柔的声音提醒
请您系好安全带

当飞机安全降落
送走最后一位客人
她们拖着拉杆行李箱的去向
让人好奇

譬如她们中
耳朵上有一颗小小雀斑的姑娘

白皙娴静

走出航站楼前

快速用一支唇膏补过妆

芳华丹唇

能否邂逅意外爱情

2024 年 5 月 27 日

飞行途中读博尔赫斯

我可以感受到他的忧伤
当他抚摸他曾经写下的文字
他知道，那些文字对他一无所知
但他听到了死者对他的倾诉

自然而然，我也看到了他
从一面镜子里凝视并伸手触摸我的脸庞
像找寻另一个自己，另一个，别人

他是否注意一位正在送咖啡的空姐
她珍珠的耳钉闪着银灰的光泽
遥远如沧海月明
如他失明的眸子深处
记忆的闪光

宛若东方丝绸，宛若
拉丁美洲的白鹿侧着脸
从梦里一闪而逝

2024 年 5 月 31 日

附录：随笔与创作谈

诗中有人

诗人的中心地位,即主体性,在诗歌中表现人、体现人和世界的关系始终是诗歌的古老而又新鲜的母题。天人合一,是理想的境界,是人和自然的和谐相处,是相互依存的理念,也是诗的理念和不懈追求。"采菊东篱下,悠然见南山",南山安然,人亦悠然,山高人淡,山自在,人也自在,人和自然打成一片,如同远亲近邻,平等而亲切,恬静而高远。

"式微式微,胡不归?微君之故,胡为乎中露?"人性的呐喊以黑暗冷酷的生存环境为底色,热烈、殷切。

"相看两不厌,只有敬亭山",人也见山,山也见人,不是有山无人,不是假大空,是有山有人。我在《关于西部诗歌的一份提纲》中,曾经有过这样的思考——好的诗歌中必须有作为主体的人的存在。在语言点到为止的古代诗歌中,即便是纯粹的山水诗,我们也可以轻易读进一个诗人的内心,而在许多以"雄辩"为特征的现代诗歌中我们却常常找不到发言者的位置。当代诗歌普遍缺乏血色,空洞、苍白已成为通病,为写而写,无病呻吟。今天诗人写下的那些所谓的作品在情感方面究竟多大程度上联系了自己的内心和真实的生活?从心灵出发才能抵达心灵。因此，坚决反对假、大、空，坚决反对制造"橡皮"垃圾。在这里，我特别要向已故诗人昌耀致敬，他把自己的一本诗集命名为《命运之书》，那是名副其实的。每个喜欢昌耀的读者都可以列举出他的许多佳作，如《慈航》《斯人》等等。他晚年的作品与他的命运贴得更紧，如《紫荆冠》《大街看守》《噩的结构》……有人说把他与世界一流诗人比也毫不逊色。这话并非夸大其词。

思无邪。诗言志，言士之心，"先天下之忧而忧，后天下之乐而乐"。"修辞立其诚"。我的写作观念不是先锋的，我属于在这个时代探索求新，但又时时"返回"过去的写诗者。《诗经》《论语》《庄子》《楚辞》，汉魏乐府、唐诗宋词始终是我获得写作力量和灵感的最重要源泉之一。"壮不如人何况老，学除师古别无方。"

"创新是一个民族进步的灵魂。"这是一个提倡创新的时代，创新是前进和发展的不竭动力。对诗歌而言，尤其如此。但创新不是无中生有，不是凭空想象，应该是继承当中的发展。

继承什么，怎么继承？从这个意义上讲，我觉得我们依然可以从许多古代诗人那里得到诸多启示。"铠甲生虮虱，万姓以死亡。白骨露于野，千里无鸡鸣。生民百遗一，念之断人肠"，曹操的诗时代性、人民性兼具，他也有爱民之心，悲悯情怀。"安得广厦千万间，大庇天下寒士俱欢颜"，杜甫写一己悲欢,但更能推己及人。"前不见古人,后不见来者。念天地之悠悠,独怆然而涕下",陈子昂的诗里也有一个主体性极强的"我",在自然与历史中泪湿心热,形成一个鲜明动人的诗人的形象,千古闪耀。"雨中山果落,灯下草虫鸣",王维诗中不仅有大自然的无限生机,更有不在而在的人,有人世珍贵如灯火的温情。"西风残照,汉家陵阙",太白有看透历史的大智慧。凡此例举,人民性也罢,主体性也罢,总之,诗中有人,这是我们应该继承的优秀传统。

诗人眼界要开阔,既要善于向内看,又要善于向外看。向内观心,探索内心的真实;向外看世情,看自然,看生活中的变化。内外结合,眼界才大,才不局限于个人的杯水风波,才不浮于浅表。

弗罗斯特的诗雅俗共赏。他写田园生活,表现自己的生活经验。读他的诗,有点儿读陶渊明的诗的感觉,恬淡、自然,有生活和泥土的厚味。他的《雇工之死》《熄灭吧,熄灭》,观照普通人的命运,写他对人的关怀和理解以及对死亡的认识,伟大的人道主义精神充盈其中。在他的诗里,有担荷,替生活在底层的人说话,"有释迦、基督担荷人类罪恶之意"。早年读弗氏,只觉其平淡,年过五十再读,觉其作诗如拉家常,亲切、挚诚。"信言不美,美言不信",家常话最能入心入肺,家常话写出诗味,境界真高。弗氏四次获得普利策奖,成为美国家喻户晓的人物和"美国最受爱戴的严肃诗人",并非没有道理。

诗人既要忠实和捍卫自己的内心,坚持自我,坚持主体个性,在精神上真正做到独立自由,又不能孤芳自赏,要融入生活,在生活中获取诗歌的素材和灵感。没有生活的诗,如起房盖屋没有地基。屈原有生活,陶渊明有生活,杜甫生活经历丰富,尤其安史之乱后,漂泊不定,历经艰辛,诗的表现题材也更加丰富。苏东坡人诗合一,他的诗词即可看作他的生活传记,喜怒哀乐、顺境逆旅、艰苦周折全有表现。为诗而诗,躲在象牙塔里不成。生活有多么宽阔,诗歌的想象就有多么宽阔。不能回避生活的矛盾、压力、苦难,凡此种种若利用好了,会变成诗的缘起和动力,喷发诗情。

表现现实,反映时代精神,与为功利写作是两码事。为功利写作是"思有邪","邪"就是不直。不直者,不诚。不诚,表现在诗里就是花言巧语、巧言令色,与"修辞立其诚"背道而行。不诚,焉能为天地立心?诗是天地良心,是民族精神。诗必须发自肺腑,写下的字儿要与心跳对应,字对心,心对字,字里有心,心外无诗。

"文章合为时而著,歌诗合为事而作",诗人要有历史使命感和社会责任感。"铁肩担道义,辣手著文章",有"铁肩"又有"辣手"固然好,如韩柳、元白、苏辛、王安石、范仲淹、龚定庵，既能入世当官，又能"辣手著文章"，没"铁肩"，有"辣手"也成，手辣心妙，心要向真、向善、向美，不可鸡零狗碎，堕落无耻。文风影响世风，譬如"君子之德风，小人之德草，草上之风，必偃"。诗歌要充实而光辉，光辉是人性的光辉。充实不是空虚无聊，不是低级趣味。所以加强修养，修炼"内美"是诗人毕生的功课。"其为人也，温柔敦厚，诗教也。"对人心而言，诗歌是春风化雨，是润物细无声。诗人可以把诗写得不像诗，不像而是，是创新，做人却要做得像人。写诗的目的就是要追求做个"真人"。写诗，要写到真不像诗，真是好诗。做人，要做到真是性情中人，真是有趣之人，有趣而妙。

托尔斯泰为艺术总结了三条标准——独特、清晰、真挚，诗歌创作也可借鉴。

先说独特。千人一面，没有个人的风格和印记，主体性不鲜明，没有辨识度，张三等于王五，王五等于李四，可有可无，不值一提。"高松出众木，伴我向天涯"，因其特出，因其出众，再远也能看到"高松"的形象。义山不同于李贺，杜甫不同于小杜，不同才有存在的价值和意义，独特始有普遍的意义，普通则难独特，"随人作计终后人，自成一家始逼真"。诗要通脱，随便写，写什么都行，写时代、写日常生活、写自然、写人性深处的喜怒哀乐，都成，就是要特立独出，与众不同，独特方能有贡献。

再说清晰。清晰绝不是清浅，明白如话、通俗易懂也绝不是失去深刻。"不薄今人爱古人，清词丽句必为邻"，老杜的许多诗都有一种貌似简单的复杂，深入浅出，词句清丽，意味无穷。李商隐的"沧海月明珠有泪，蓝田日暖玉生烟"，用字可谓清晰，可谓清丽，而意义却是复杂的、多解的。我希望现代诗歌在追求深度时不要误入文字迷宫，要知道读者读诗不是猜谜，你的诗歌之塔要让人进去。弗罗斯特曾在给一位朋友的信中说：

> 须时时记住一个值得记住的事实——这世上有种叫"被评出来"的成功。那是靠不住的，是由少数自以为懂行的评论家炒作出来的。真要成为一名靠自己的诗作而成功的诗人，我必须跳出那个圈子，去贴近成千上万买我书读我诗的普通读者……我要成为一名雅俗共赏的诗人。我绝不会因成为那帮评论家的"鱼子酱"而沾沾自喜。

弗氏是真诚的。我们每个人写诗，其实打心眼里希望遇见知音，读者越多越好，为未来的读者写作只是一个靠不住的梦。"不恨古人吾不见，恨古人不见吾狂耳。知我者，二三子"，稼轩豪放，作诗如顾随所讲有英雄手段，知其诗者，何止二三子，因其有健笔，有柔情，有热心肠，更有清晰的表达。

明月雪莲
赤裸着走进我心里

"信，达，雅"仍然是对诗歌创作有用的箴言。昏散难达，云遮月，月光不达，去昏凝神则达，清晰则达。语言晦涩，佶屈聱牙、贫嘴饶舌，往往是诗人自己没想清楚，或玩弄文字游戏。

第三说真挚。王国维《人间词话》中说："尼采谓：'一切文学，余爱以血书者。'后主之词，真所谓以血书者也。""血书"即以真挚情感书写，不真挚如何打动读者。要身体力行，把心放进诗里，用情感和血液喂养文字，让文字血色充盈，让诗人在自身消耗中成全诗歌。苏轼《江城子·乙卯正月二十日夜记梦》：

十年生死两茫茫。不思量，自难忘。千里孤坟，无处话凄凉。纵使相逢应不识，尘满面，鬓如霜。

夜来幽梦忽还乡。小轩窗，正梳妆。相顾无言，惟有泪千行。料得年年肠断处,明月夜,短松冈。

"明月夜,短松冈",三字句,短而不急,短而不促,韵味悠长,悠长实乃情长、情深,松色月色,肃穆当中依然血热,依然泪水涟涟。

"共眠一舸听秋雨,小簟轻衾各自寒",写爱的无奈、情的无奈,写人生不得不独自承担的孤苦和凄凉。爱和情常常是咫尺天涯,中间有看不见的鸿沟,真是爱莫能助、情难自禁,最是刻骨、最为铭心。感情之事,的确关系重大,说感情是诗歌的灵与肉亦未尝不可。说到底,诗歌是对心灵与现实的超越,在超越中提升人的精神品质和精神境界。

"始于欢欣,终于智慧",每个诗人都渴望与自己相遇,在更高的层面,在未知的境地。

生活永远大于想象

《金刚经》有云："过去心不可得，现在心不可得，未来心不可得。"在某种程度上说，诗歌即是"过去心"、"现在心"、"未来心"，被诗人在一刹那用灵感和理智捕获，以文字塑形，变成有声有色的音乐和可以触摸的雕塑。

诗把不可得变成了可得。

诗是觉悟。觉悟通往澄明之境。澄明即是通透，即是善良与宽容，对事物充满悲悯和同情。孔子有言："入其国，其教可知也。其为人也，温柔敦厚，诗教也。"

诗是信言，也是美言，言而有信，信与美俱从真诚中来，所谓"修辞立其诚"。信言和美言在闪烁人性光辉的诗篇中消除了对立与隔阂，变成了沟通心灵的桥梁。

生活和人生阅历永远大于想象，成熟的诗人善于从中获取鲜活的写作素材。"衣上征尘杂酒痕，远游无处不销魂。此身合是诗人未，细雨骑驴入剑门"，且走且看且悟，山高路远，一步难于一步，才不禁要问天地何心，人心何处安顿。

诗是灵魂的驿站，写诗和读诗的人得以小憩和精神的补给。

深入生活，与走马观花不同，要身体力行，眼到身到心到。

有心则才思不竭,文章不空。要以舍身饲虎的勇气,投入生活,生活反哺诗人以酸甜苦辣为底色的诗篇,如曹孟德《苦寒行》:"北上太行山,艰哉何巍巍!羊肠坂诘屈,车轮为之摧……担囊行取薪,斧冰持作糜。悲彼东山诗,悠悠使我哀。"有生活,诗歌方能感慨深厚,气血充盈。

"北上太行山,艰哉何巍巍",境界阔大,与诗人的见识、担当和胸襟密切相关。终日躲在书斋和象牙塔里,不经历风雨,很难写出大气的诗,与温室里种不出青松是一样的道理。

信手拈来,丰富的细节就隐藏在生活和自然当中,诗人要有善于发现的眼睛和摄魂夺魄的手段。我随着年龄增长,越来越相信比起读万卷书,行万里路的实践可能更为重要。读书再多是借鉴别人的经验,行万里路则是增加个人的阅历和体验。我行我素,由外而内,由内而外,方能贡献个人的独特体验。

> 喜欢风吹缆索的声音
> 彻夜不停,被牵系的船只
> 像说着梦话的人
> 桅杆斜指,一颗蓝色的小星
> 敞开大海的出口

"大海的出口",远在天上。这也是诗歌超越物质和世俗苦难的象征。为此,我常常希望独自一个人去海边走走,只一个人去海边,听听复述苍茫的波涛。不过,这样的机会毕竟十分难得。我是出生于河西走廊古凉州的人,见惯了大漠戈壁、雪山草原,对大海只能遐想神往。好在去年终于有机会去了一趟青岛,在海边住了几天,徜徉流连,陌生和新鲜的风景刺激我写作的欲望,使我带回了四首有关大海的作品,与写西部的风景有些不同。

感谢生活的馈赠!

春风度

出品人	郭文礼	选题策划	左树涛	责任编辑	左树涛
复　审	张　丽	终　审	郭文礼	书籍设计	张永文
印装监制	郭　勇	项目运营	有度文化·刘文飞工作室		

投稿邮箱｜liuwenfei0223@163.com
微　博｜http://weibo.com/liuwenfei0223　微信公众号｜YOUDU_CULTURE